今古奇觀

伍 移花接木

Marvellous Tales of the Past and Present

抱甕老人——編
曾珮琦 編註

今古奇觀

目次

移花接木

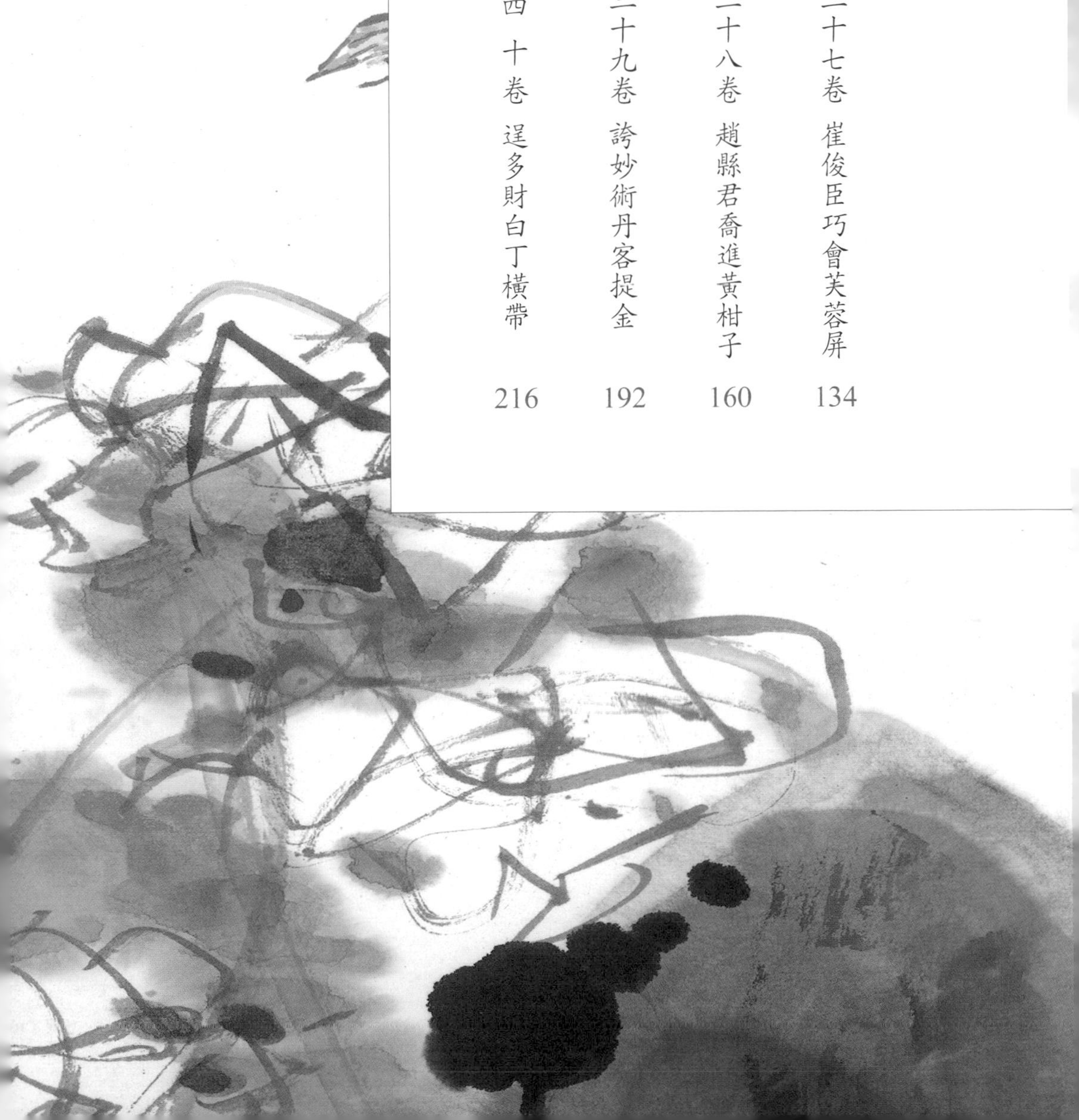

導讀

《今古奇觀》——三百年前的暢銷書

前台北醫學院兼任副教授
現爲洪健全基金會敏隆講堂講師
葉思芬

《今古奇觀》原是三百年前的一部暢銷書。它是「世情小說」，是相聲瓦舍說書先生說給老百姓聽的奇聞；是市井書生寫給市井老百姓看的異事。裡面的愛恨情仇、悲歡離合，不再著重於神魔鬼怪、帝王將相或英雄豪傑。即便有，也率皆由庶民觀點、眾生角度去揣摩。所以故事中的生活起居、應酬世務、思想反應、行動基準，幾乎可以說就是十六、十七世紀明朝城市經濟、升斗小民的忠實記錄。

《今古奇觀》是抱甕老人由一百二十篇的《三言》、《二拍》挑選成輯的。雖說有忠孝節義、文以載道的企圖，但最精彩的還是在描繪市井小民的生活氣息、生存智慧，甚至生命觀這部份。透過這四十篇小說，我們看到了人世間至今猶然的最俗世的想望。以讀書爲業的，就是苦讀、登科、出仕、平安富貴終老；一般百工各業的，則是風調雨順、國泰民安、家庭美滿、子孫繁茂。這些，與我們現在的「五子登科」（銀子、妻子、兒子、房子、車子）是完全一樣的。

茲就內容簡單舉例。

以政治來說，明朝的司法最是黑暗。〈陳御史巧勘金釵鈿〉是根據社會新聞改編的眞人眞事；〈沈小霞相會出師表〉則指名道姓是嘉靖奸相嚴嵩迫害忠良的司法檔案。而普通百姓一旦被扯入官司通常就是家破人亡、妻離子散。像〈蔡小姐忍辱報仇〉，倖存者只能苦苦忍耐，祈求天理昭彰，能有沉冤得雪的那一天，那是多麼卑微但堅持的等待。

「一品官，二品客。」《三言》

明朝人固然熱中於「一舉成名天下知」的科舉。但因爲城市經濟發達，商人階級抬頭，老百姓遂有「經商亦是善業，不是賤流」《二拍》的說法。但是，商人從來重利輕別離，男人行商在外，妻子獨守家園，人生隨即充滿意外。〈蔣興哥重會珍珠衫〉就是這樣一篇充滿曲折情節，既寫實又浪漫，亦喜亦悲的佳作。文中除了男歡女愛之外，也同時讓我們見識到四百年前湖廣襄陽的城市文明與中產階級商人富裕、活潑的生活與思想。

十載寒窗也許還無人問，但經商致富似乎可以更快捷。只要有探險精神，幾年間出人頭地大有人在。〈轉運漢遇巧洞庭紅〉就是把握時運速成致富的好例子。〈徐老僕義憤成家〉則在歌頌人情義理之餘，也鼓勵小老百姓「富貴本無根，盡從勤裡得」。

「春濃花豔佳人膽」《醉翁談錄》

兩性之間的話題，永遠最受歡迎。《今古奇觀》不乏士子與妓女之間的愛戀與背叛。上京趕考、初入社會的年輕人迷戀綺羅香閨情場老手的京都名妓，本是那時節流行的社會風氣。〈杜十娘怒沉百寶箱〉即是一篇代表作。

名妓杜十娘用盡心機以爲覓得良緣，卻

中途遭良人轉賣，氣憤絕望下，她將萬金私產盡數投河。然後，在眾人驚呼聲中，投河自盡。這樣決絕，當然不是「殉情」，而是對自己所託非人最沉重的抗議。

同樣精彩的還有這篇〈賣油郎獨占花魁〉。販夫走卒賣油郎偶然撞見名妓花容，遂起心動念拼命存錢，想買上佳人一笑。女主角花魁淪落風塵，癡想有朝能「趁好的從良」。她背著老鴇努力經營自己的人脈、金庫。終於在認識賣油郎後，感動於他高潔的人品與至誠溫厚的個性，於是靠著智慧擺脫娼家，獲得美滿結局。這故事也見證了社會低層小人物憑藉毅力追求「自己當自己的主人」這種可貴的生命態度。

《今古奇觀》既如上所言是「世情小說」，它所涉及的當然是世情百態：有司法壓迫下，無奈堅忍的〈盧太學詩酒傲公侯〉；有負心漢遭棒打，爲天下女子出一口悶氣的〈金玉奴棒打薄情郎〉；既有男扮女裝皆大歡喜的〈喬太守亂點鴛鴦譜〉；當然也有女扮男裝出遊透氣，兼爲自己覓得佳婿的〈女秀才移花接木〉。此外，也有類似大仲馬《基度山恩仇記》的〈宋金郎團圓破氈笠〉；甚至還有「仙人跳」的〈趙縣尹喬送黃柑子〉和「詐騙集團」的〈誇妙術丹客提金〉……眞是誠如書中原序所言：「極摹人情世態之歧，備寫悲歡離合之致。」

世態無古今，人性永常在。

《今古奇觀》曾經是三百年前的暢銷書，也應會是現在的暢銷書。

導讀

市井小民的不平凡故事

曾珮琦

「說話」藝術起源自唐代，到了兩宋時期，由於商業經濟的繁榮。在臨安、汴京等大城市，「說話」成爲市井小民主要的文化娛樂。所謂「說話」就是講故事，這類故事大多以韻文與敘事的散文爲其講演形式，在說話藝人講正文故事之前，往往會先以相關的詩、詞語小故事做爲開場白，來引起觀眾的注意。正文以敘事爲主，其中會依情節的需要穿插詩、詞，有評論、襯托的作用。末尾往往以一首四句詩或八句詩做爲總結。說話藝人，不可能即興的講演情節完整，內容豐富的故事，這時候「話本」這種文學題材就應運而生。「話本」，原本只是說話藝人講演故事的底本，用以備忘或者傳授徒弟等用途。後來，隨著說話藝術的興盛，一種文人模仿「話本」體制所創作的通俗白話小說也應運而生，這種文人仿作的話本稱爲「擬話本」。明代，由馮夢龍創作的「三言」（《喻世明言》、《警世通言》、《醒世恆言》」）與凌濛初創作的「二拍」（《初刻拍案驚奇》、《二刻拍案驚奇》），就是屬於「擬話本」。在當時大受讀者的歡迎，卻因爲木刻印刷，書價昂貴，不是一般普羅大眾能夠輕易閱讀的到，所以抱甕老人有感於此，從「三言」、「二拍」中選取精華四十篇，以便推廣普及。

馮夢龍，南直隸蘇州府長洲縣（今江蘇省蘇州市）人，別號綠天館主人。凌濛初，浙江湖州府烏程縣（今浙江省湖州市吳興區織裡鎮晟舍）人，別號即空觀主人。兩人的際遇相似之處，皆是考場失意之輩，加上馮夢龍遭受閹黨魏忠賢的迫害，遂將一腔抱負用於著書立說之上。所以在「三言」、「二拍」中有許多寫科舉不第，後來發跡成名的故事，這類故事中保留了許多科舉制度的用語詞彙，如：〈鈍秀才一朝交泰〉，主人翁馬德稱自幼聰明飽學，還有個未婚妻，可謂前途一片光明，卻因父親被構陷，其父得病身亡，家道中落，淪落市井，經歷一番波折才得以金榜題名，順利迎娶未婚妻。「三言」、「二拍」之所以受

到群眾的歡迎，是因爲它所撰寫的是市井小民的不平凡故事，較爲貼近一般民眾的生活，例如：〈蔣興哥重會珍珠衫〉，是寫妻子紅杏出牆的故事；或者花街柳巷的愛情故事，例如：〈杜十娘怒沉百寶箱〉，是寫名妓杜十娘想要從良，與李甲兩情相悅，好不容易贖了身，李甲卻因身上缺少盤纏，回家沒法向父母交代，就把杜十娘賣給他人，杜十娘一怒之下，把自己積攢多年的積蓄百寶箱中的珠寶，盡數投入江中，隨後也跳將自盡。〈賣油郎獨佔花魁〉，是寫一名妓年幼時因戰亂與父母走散，被歹人賣到妓院去，長到後被老鴇設計陷害失身，幸好遇到賣油郎，經歷一番波折，兩人終成佳偶。抱甕老人其人已不可考，他從「三言」、「二拍」中，選取「忠孝節烈」、「善惡果報」、「聖賢豪傑」（姑蘇笑花主人以爲的選文標準，寫於《今古奇觀．原序》中）等故事，一共四十篇集結成書，在篇名上亦有所改動，「二拍」有些篇名由原本的兩句，濃縮成一句，例如：「顧阿秀喜捨檀那物，崔俊臣巧會芙蓉屏」。在「三言」中原本篇名便只有一句，但有些篇名亦有少許改動，例如：「蔡小姐忍辱報仇」，《醒世恆言》的原名是〈蔡瑞虹忍辱報仇〉。除了上述的題材以外，還有一些是馮夢龍、淩濛初根據史書、志怪小說、宋元戲曲等所改編，這類作品有：〈李汧公窮邸遇俠客〉就是由宋代李昉等人編著的《太平廣記》中的〈原化記義俠〉所改編，敘述儒生房德因誤入歧途，與強盜合夥打家劫舍，畿尉李勉憐其才華，助他越獄，自己因此丟了官職。房德日後做了官，相遇李勉，怕他將自己從前之事宣揚出去，就起了歹心欲殺李勉。房德請了一位俠客，編了謊話，騙他助自己殺李勉，那位俠客信以爲眞，等見到李勉方知中計，於是折返殺了房德夫婦行俠仗義的故事。又如〈羊角哀捨命全交〉，根據戲曲中的〈羊角哀鬼戰荊軻〉改編，左伯桃與羊角哀本是布衣出身，兩人結爲知交，要一同前往楚國求取功名，兩人路上遇到大風雪，左伯桃便將衣服脫下給羊角哀穿，自己則凍死在風雪中。羊角哀後來做了楚國大夫，左伯桃託夢說在陰間受到荊軻欺凌，羊角哀爲了拯救兄弟便自刎，到了陰曹地府助左伯桃擊退荊軻。

本書選用「三言」、「二拍」的明、清善本作爲底本，理由有二：第一，本書因需收錄眉批、夾批。所謂眉批，就是文人在閱讀時後在書頁上方空白處所寫的心得筆記；夾批，則是隨手寫在字裡行間的空白處的心得筆記。這兩者稱之爲點評，是明清時期所流行的一種文學批評形式。而抱甕老人選輯的《今古奇觀》則無收錄眉批、夾批，故筆者選擇以「三言」、「二拍」的善本爲底本，輔以三民書局出版，李平先生校注的《今古奇觀》來做校勘的工

作。第二，以版本選擇來說，越接近當時代的版本可信度越大，故選擇原著「三言」、「二拍」作爲底本，而《今古奇觀》經過抱甕老人的選輯，文句或多或少都有經過刪改，可能無法完善的保留原故事的樣貌。以下詳細列出所依據的善本：《警世通言四十卷》明王氏三桂堂刊本；《醒世恆言四十卷》清衍慶堂刊本；《拍案驚奇三十六卷》消閒居刊本。在文字上本書保留了善本書的原貌，除了簡體字改成繁體外，其餘字句都是根據善本未做刪節。但古今用字難免有所出入，例如：善本書常用分付，而現今的用法則是吩咐；伏侍，現今則作服侍，且善本書使用了許多異體字，在註解處都有一一標明，以便讀者閱讀。本書所收錄的眉批根據中華書局校勘的「三言」、「二拍」版本，有學者認爲可一居士、無礙居士、綠天館主人，就是馮夢龍；即空觀主人就是淩濛初，但也有人認爲究竟是誰無法考證。

如何閱讀本書

詳細註釋：
解釋艱難字詞，隨文直書於左側，並於文中以※記號標號，以供對照。

閱讀性高的原典：
將一百回原典分為五大分冊，版面美觀流暢、閱讀性強。

列出各回回目
便於索引翻閱

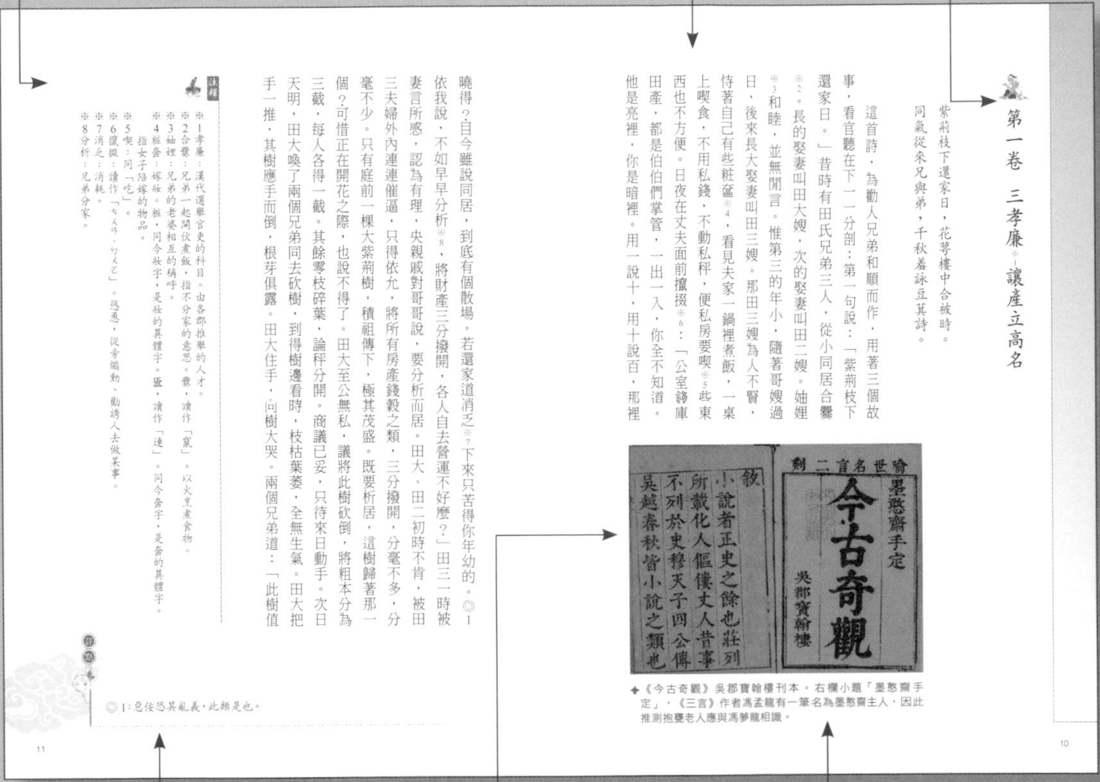

第一卷　三孝廉※1讓產立高名

紫荊枝下還家日，花萼樓中合被時。
同氣從來兄與弟，千秋羞詠豆萁詩。

這首詩，為勸人兄弟和順而作，用著三個故事，看官聽在下一一分剖：第一句說：「紫荊枝下還家日。」昔時有田氏兄弟三人，從小同居合爨※2。長的娶妻叫田大嫂，次的娶妻叫田二嫂。妯娌※3和睦，並無閒言。惟第三的年小，隨著哥嫂過日，後來長大娶妻叫田三嫂。那田三嫂為人不賢，恃著自己有些粧奩※4，看見夫家一鍋裡煮飯，一桌上喫食，不用私錢，不動私秤，便私房要喫※5些東西也不方便。日夜在丈夫面前攛掇※6：「公室錢庫田產，都是伯伯們掌管，一出一入，你全不知道。他是亮裡，你是暗裡。用一說十，用十說百，那裡曉得？目今雖說同居，到底有個散場。若還家道消乏※7下來只苦得你年幼的。◎1依我說，不如早早分析※8，將財產三分撥開，各人自去營運不好麼？」田三一時被妻言所惑，認為有理，央親戚對哥哥說，要分析而居。田大、田二初時不肯，被田三夫婦外內連連催逼，只得依允，將所有房產錢穀之類，三分撥開，分毫不多，分毫不少。只有庭前一棵大紫荊樹，積祖傳下，極其茂盛。既要析居，這樹歸著那一個？可惜正在開花之際，也說不得了。田大至公無私，議將此樹砍倒，將粗本分為三截，每人各得一截。其餘零枝碎葉，論秤分開。商議已妥，只待來日動手。次日天明，田大喚了兩個兄弟同去砍樹，到得樹邊看時，枝枯葉萎，全無生氣。田大把手一推，其樹應手而倒，根芽俱露。田大住手，向樹大哭。兩個兄弟道：「此樹值

✦《今古奇觀》吳郡寶翰樓刊本。右欄小題「墨憨齋手定」，《三言》作者馮孟龍有一筆名為墨憨齋主人，因此推測抱甕老人應與馮夢龍相識。

註釋
※1孝廉：漢代選舉官吏的科目。由各郡推舉的人才。
※2合爨：兄弟一起開伙煮飯，指不分家的意思。爨，讀作「竄」。以火烹煮食物。
※3妯娌：兄弟的老婆相互的稱呼。
※4粧奩：嫁妝。粧，同今妝字，是妝的異體字。匳，讀作「連」。同今奩字，是奩的異體字。指女子陪嫁的物品。
※5喫：同「吃」。
※6攛掇：讀作「ㄘㄨㄢ．ㄉㄨㄛ」。慫恿，從旁煽動、勸誘人去做某事。
※7消乏：消耗。
※8分析：兄弟分家。

◎1：惡佞恐其亂義，此類是也。

10　11

名家評點：
選收不同名家之評點，隨文橫書於頁面的下方欄位，並於文中以◎記號標號，以供對照。

彩圖：
古籍版畫、名人墨寶、相關照片等精緻彩圖，使讀者融入小說情境。

圖說：
說明性和評點性的圖說，提供讓讀者理解。

第三十三卷　唐解元玩世出奇

三通鼓角四更雞，日色高升月色低。
時序秋冬又春夏，舟車南北復東西。
鏡中次第人顏老，世上參差事不齊。
若向其間尋穩便，一壺濁酒一餐虀※1。

這八句詩乃吳中一個才子所作。那才子姓唐名寅，字伯虎，聰明蓋地，學問包天。書畫音樂，無有不通；詞賦詩文，一揮立就。為人放浪不羈，有輕世傲物之志。生於蘇郡，家住吳趨※2。做秀才時，曾效連珠體※3，做〈花月吟〉十餘首，句句中有花有月。如「長空影動花迎月，深院人歸月伴花」、「雲破月窺花好處，夜深花睡月明中」等句，為人稱頌。本府太守曹鳳見之，深愛其才。值宗師※4科考，曹公以才名特薦。那宗師姓方名誌，鄞縣人，最不喜古文辭。聞唐寅恃才豪放，不修小節，正要坐名黜治※5，卻得曹公一力保救，雖然免禍，卻不放他科舉。直至臨場，曹公再三苦求附一名於遺才※6之末，是科遂中了解元※7。伯虎會試※8至

唐寅，又字子畏，圖為明代所繪唐寅像。

京，文名益著，公卿皆折節下交，以識面為榮。有程詹事※9典試；頗開私徑賣題，恐人議論，欲訪一才名素著者為榜首，壓服眾心。◎1得唐寅甚喜，許以會元※10。伯虎性素坦率，酒中便向人誇說：「今年我定做會元了。」眾人已聞程詹事有私，又忌伯虎之才，鬨※11傳主司不公。言官風聞動本。聖旨不許程詹事閱卷，與唐寅俱下詔獄，問革。伯虎還鄉，絕意功名，益放浪詩酒。人都稱為唐解元。得唐解元詩文字畫，片紙尺幅，如獲重寶。其中惟畫尤其得意。平口心中喜怒哀樂都寓之於丹青。每一畫出，爭以重價購之。有〈言志詩〉一絕為證：

註

※1虀：讀作「機」，細切的鹹菜、醬菜。

※2吳趨：吳門，指吳地。門外曰趨。

※3連珠體：一種流行於民間的文體，每一句話都鑲嵌題目的字。

※4宗師：此指提學道。古代官名。宋代以後主管一省儒學和學政的官員。

※5坐名黜治：指名除去功名、並加以懲罰。

※6遺才：秀才參加鄉試之前，需要先通過科考，不合格或沒參加者，可以獲得一次補考的機會，若補考合格也能獲得參加鄉試的資格，這種人稱爲遺才。

※7解元：鄉試考中第一名的人。

※8會試：禮部舉辦的科舉考試，在鄉試之後的翌年春天舉行。

※9詹事：古代官名。太子專屬官員，執掌東宮內外事務。

※10會元：會試榜首。

※11鬨：許多人在一起喧鬧，聲音吵雜的樣子。

眉批

◎1：還是良心公道。（無礙居士）

不鍊金丹不坐禪，不爲商賈不耕田。
閒來寫幅丹青賣，不使人間作業錢。

卻說蘇州六門：葑、盤、胥、閶、婁、齊※12。那六門中，只有閶門最盛，乃舟車輻輳之所，真個是：

翠袖三千樓上下，黃金百萬水東西。
五更市販何曾絕？四遠方言總不齊。

唐解元一日坐在閶門游船之上，就有許多斯文中人慕名來拜，出扇求其字畫。解元畫了幾筆水墨，寫了幾首絕句。那聞風而至者，其來愈多。解元不耐煩，命童子且把大杯斟酒來。解元倚窗獨酌，忽見有畫舫從傍※13搖過。舫中珠翠奪目，內有一青衣小鬟，眉目秀豔，體態綽約，舒頭船外注視解元，掩口而笑。◎2須臾船過，解元神蕩魂搖，問舟子：「可認得

解元忽見有畫舫從傍搖過。舫中珠翠奪目，內有一青衣小鬟，眉目秀豔，體態綽約，舒頭船外注視解元，掩口而笑。（古版畫，選自《今古奇觀》明末吳郡寶翰樓刊本。）

去的那隻船麼？」舟人答言：「此船乃無錫華學士府眷也。」解元欲尾其後，急呼小艇不至，心中如有所失。正要教童子去覓船，只見城中一隻船兒搖將出來。他也不管那船有載沒載，把手相招，亂呼亂喊。那船漸漸至近，艙中一人，走出船頭，叫聲：「伯虎，你要到何處去？這般要緊！」解元打一看時，不是別人，卻是好友王雅宜。便道：「急要答拜一遠來朋友，故此要緊。兄的船往那裡去？」雅宜道：「弟同兩個舍親到茅山去進香，數日方回。」解元道：「我也要到茅山進香，正沒有人同去。如今只得要趁便了。」雅宜道：「兄若要去，快些回家收拾。弟泊船在此相候。」解元道：「就去罷了，又回家做什麼！」雅宜道：「香燭之類也要備的。」解元道：「到那裡去買罷。」遂打發童子回去，也不別這些求詩畫的朋友，徑[※14]跳過船來，與艙中朋友敘了禮，連呼：「快些開船。」舟子知是唐解元，不敢怠慢，即忙撐篙搖櫓。行不多時，望見這隻畫舫就在前面。解元分付船上：「隨著大船而行。」眾人不知其故，只得依他。次日，到了無錫，見畫舫搖進城裡。解元道：「到了這裡，若不取惠山泉，也就俗了。」叫船家：「移舟去惠山，取了水，

註

※12蘇州六門：指古代蘇州六座城門。
※13傍：側、邊。通「旁」。
※14徑：直接。通「逕」。

眉批

◎2：具眼。（無礙居士）

原到此處停泊，明日早行。我們到城裡略走一走，就來下船。」舟子答應自去。

解元同雅宜三四人登岸，進了城，到那熱鬧的所在，撇了眾人，獨自一個去尋那畫舫，卻又不認得路徑，東行西走，並不見些蹤影。走了一回，穿出一條大街上來，忽聽得呼喝之聲。解元立住腳看時，只見十來個僕人前引一乘煖轎※15，自東而來，女從如雲。自古道：「有緣千里能相會。」那女從之中，閶門所見青衣小鬟正在其內。解元心中歡喜，遠遠相隨，直到一座大門樓下，女使出迎，一擁而入。詢之傍人，說是華學士府。適纔※16轎中，乃夫人也。解元得了實信，問路出城。恰好船上取了水纔到。少頃，王雅宜等也來了，問：「解元那裡去了？教我們尋得不耐煩。」解元道：「不知怎的，一擠就擠散了。卻又不認得路徑，問了半日，方能到此。」並不題起此事。至夜半，忽於夢中狂呼，如夢魘※17之狀。眾人皆驚，喚醒問之。解元道：「適夢中見一金甲神人，持金杵擊我，責我進香不虔。我叩頭哀乞，願齋戒一月，隻身至山謝罪。天明，汝等開船自去，吾且暫回，不得相陪矣。」雅宜等信以為真。至天明，恰好有一隻小船來到，說是蘇州去的。解元別了眾人，跳上小船，行不多時，推說遺忘了東西，還要轉去。袖中摸幾文錢，賞了舟子，奮然登岸。到一飯店，

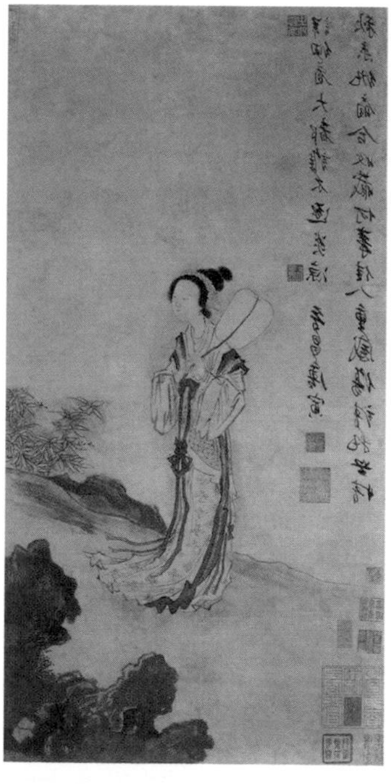

唐寅畫作《秋風紈扇圖》。

辦下舊衣破帽，將衣巾換訖[18]，如窮漢之狀。走至華府典鋪內，以典錢為由，與主管[19]相見。卑詞下氣，問主管道：「小子姓康名宣，吳縣人氏，頗善書，處一個小館[20]為生。近因拙妻亡故，又失了館，孤身無活。欲投一大家，充書辦之役，未知府上用得否？倘收用時，不敢忘恩。」因於袖中取出細楷數行與主管觀看。主管看那字，寫得甚是端楷可愛。答道：「待我晚間進府稟過老爺，明日來討回話。」是晚，主管果然將字樣稟知學士。學士看了，誇道：「寫得好，不似俗人之筆。明日可喚來見我。」

次早，解元便到典中，主管引進解元拜見了學士。學士見其儀表不俗，問過了姓名、住居，又問：「曾讀書麼？」解元道：「曾考過幾遍童生[21]，不得進學。經書還都記得。」學士問是何經？解元雖習《尚書》，其實五經[22]俱通的。曉得學

註

※15煖轎：有四面簾幕的轎子。煖，同今暖字，是暖的異體字。

※16纔：通「才」字。

※17魘魅：此應作「夢魘」，作噩夢，或夢中受到驚訝。

※18換訖：換畢。

※19主管：此指當鋪的主事者。

※20館：古代教徒授課的地方。

※21童生：明、清兩代報名參加科舉考試的讀書人，在還未考取秀才之前皆稱童生。

※22五經：《易》、《書》、《詩》、《禮》、《春秋》。

士習《周易》，就答應道：「《易經》」。學士大喜道：「我書房中寫帖的不缺，可送公子處作伴讀。」問他要多少身價？解元道：「身價不敢領，只要求些衣服穿，待後老爺中意時，賞一房好媳婦足矣。」學士更喜，就叫主管於典中尋幾件隨身衣服，與他換了，改名華安。送至書館，見了公子。公子教華安抄寫文字。文字中有字句不妥的，華安私加改竄。公子見他改得好，大驚道：「你原來通文理，幾時放下書本的？」華安道：「從來不曾曠學，但為貧所迫耳。」公子大喜，將自己日課[23]教他改削。華安筆不停揮，真有點鐵成金手段。有時題義疑難，華安就與公子講解；若公子做不出時，華安就通篇代筆。先生見公子學問驟進，向主人誇獎。學士討近作看了，搖頭道：「此非孺子所及。若非抄寫，必是倩[24]人。」呼公子詰[25]問其由。公子不敢隱瞞，說道：「曾經華安改竄。」學士大驚，喚華安到來，出題面試。華安不假思索，援[26]筆立就。手捧所作呈上。學士見其手腕如玉，但左手有枝指[27]。閱其文，詞意兼美，字復精工，愈加歡喜。道：「你時藝[28]如此，想古作[29]亦可觀也！」乃留內書房掌書記[30]。一應往來書札，授之以意，輒令代筆，煩簡曲當[31]，學士從未曾增減一字，寵信日深，賞賜比眾人

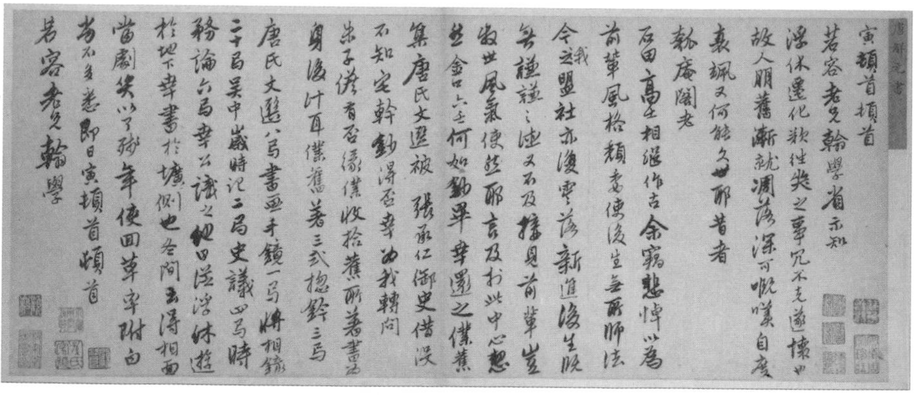

唐寅書法《致若容書冊頁》。

加厚。華安時買酒食，與書房諸童子共享，無不歡喜。因而潛訪前所見青衣小鬟，其名秋香，乃夫人貼身伏侍，一刻不離者。計無所出，乃因春暮，賦〈黃鶯兒〉以自歎：

風雨送春歸，杜鵑愁，花亂飛。青苔滿院朱門閉。孤燈半垂，孤衾半欹，蕭蕭孤影汪汪淚。憶歸期，相思未了，春夢遶天涯。

學士一日偶到華安房中，見壁間之詞，知安所題，甚加稱獎。但以為壯年鰥※32處，不無感傷，初不意其所屬意也。適典中主管病故，學士令華安暫攝其事。月

註

※23日課：每日的作業。
※24倩：請人幫忙做某事。
※25詰：讀作「傑」，問。
※26援：持、拿。
※27枝指：多長出的一根手指，通常長於拇指或小指旁邊。
※28時藝：八股文，古代科舉考試所用的文體。
※29古作：古文
※30掌書記：管理書籍或往來信函、文書。
※31煩簡曲當：不管是複雜的或簡要的文字都寫得非常恰當。
※32鰥：讀作「關」。此指妻子過世。

餘，出納謹慎，毫忽無私。學士欲遂用為主管，嫌其孤身無室，難以重托。乃與夫人商議，呼媒婆欲為娶婦。華安將銀三兩，送與媒婆，央他稟知夫人，說：「華安蒙老爺、夫人提拔，復為置室，恩同天地。但恐外面小家之女，不習裡面規矩。倘得於侍兒中，擇一人見配，此華安之願也！」媒婆依言，稟知夫人。夫人對學士說了。學士道：「如此誠為兩便。但華安初來時，不領身價，原指望一房好媳婦。今日又做了府中得力之人，倘然所配未中其意，難保其無他志也。不若喚他到中堂，將許多丫鬟聽其自擇。」◎3夫人點頭道是。

當晚，夫人坐於中堂，燈燭輝煌，將丫鬟二十餘人，各盛飾裝扮，排列兩邊，恰似一班仙女，簇擁著王母娘娘在瑤池之上。夫人傳命喚華安。華安進了中堂，拜見了夫人。夫人道：「老爺說你小心得用，欲賞你一房妻小，這幾個粗婢中，任你自擇。」叫老姆姆攜燭下去，照他一照。華安就燭光之下，看了一回。雖然盡有標緻的，那青衣小鬟，不在其內。華安立於傍邊，嘿然無語。夫人叫：「老姆姆，你去問華安：『那一個中你的意，就配與你。』」華安只不開言。夫人心中不樂，叫：「華安，你好大眼孔，難道我這些丫頭，就沒個中你意的？」華安道：「復夫人，華安蒙夫人賜配，又許華

唐寅描繪美人的畫作。

安自擇，這是曠古隆恩，粉身難報。只是夫人隨身侍婢，還來不齊，既蒙恩典，願得盡觀。」夫人笑道：「你敢是疑我有吝嗇之意？也罷！房中那四個，一發喚出來與他看看，滿他的心願。」原來那四個是有執事的，叫做：

春媚，夏清，秋香，冬瑞。

春媚掌首飾脂粉，夏清掌香爐茶竈，秋香掌四時衣服，冬瑞掌酒果食品。管家老姆姆傳夫人之命，將四個喚出來。那四個不及更衣，隨身粧※33束，秋香依舊青衣。老姆姆引出中堂，站立夫人背後。堂中蠟炬，光明如晝。華安早已看見了。昔日手姿，宛然在目。還不曾開口，那老姆媽知趣，先來問道：「可看中了誰？」華安心中，明曉得是秋香，不敢說破，只將手指道：「若得穿青這一位小娘子，足遂生平。」夫人回顧秋香，微微而笑。叫華安且出去。華安回典鋪中，一喜一懼。喜者機會甚好，懼者未曾上手，惟恐不成偶。見月明如晝，獨步徘徊，吟詩一首：

註

※33粧：同今妝字，是妝的異體字。

眉批

◎3：正中其懷。（無礙居士）

徒倚無聊夜臥遲，綠楊風靜鳥棲枝。
難將心事和人說，說與青天明月知。

次日，夫人向學士說了。另收拾一所潔淨房室，其床帳傢伙，無物不備。又合家童僕，奉承他是新主管，擔東送西，擺得一室之中，錦片相似※34。擇了吉日，學士和夫人主婚。華安與秋香中堂雙拜，鼓樂引至新房，合巹※35成婚。男歡女悅，自不必說。夜半，秋香問華安道：「與君頗面善，何處曾相會來？」華安道：「小娘子自去思想。」又過了幾日，秋香忽問華安道：「向日閶門游船中看見的，可就是你？」華安笑道：「是也。」秋香道：「若然，君非下賤之輩，何故屈身於此？」華安道：「吾為小娘子傍舟一笑，不能忘情，所以從權相就。」秋香道：「妾昔見諸少年擁君，出素扇競求書畫。君一概不理，倚窗酌酒，傍若無人。妾知君非凡品，故一笑耳。」◎4華安道：「女子家能於流俗中識名士，誠紅拂、綠綺※36之流也。」秋香道：「此後於南門街上，似又會一次。」華安笑道：「好利害眼睛！

◆唐寅畫作《新娘嫁衣圖》。

果然，果然。」秋香道：「你既非下流，實是甚麼樣人？可將真姓名告我。」華安道：「我乃蘇州唐解元也。與你三生有緣，得諧所願。今夜既然說破，不可久留，欲與你圖諧老之策。你肯隨我去否？」秋香道：「解元為賤妾之故，不惜辱千金之軀，妾豈敢不惟命是從？」華安次日將典中帳目，細細開了一本簿子；又將房中衣服首飾，及床帳器皿，另開一帳；又將各人所贈之物，亦開一帳，纖毫不取。共是三宗帳目，鎖在一個護書篋※37內。其鑰匙即掛在鎖上。又與壁間題詩一首：

擬向華陽洞※38裡游，行蹤端爲可人留。
願隨紅拂同高蹈※39，敢向朱家※40惜下流。

註

※34錦片相似：如同錦繡一般，指布置得極爲美好。
※35合巹：古時成親夫婦要對飲合巹酒，指成婚。巹，讀作「錦」。
※36紅拂、綠綺：皆是慧眼識英雄的美女。紅拂，唐代傳奇小說《虯髯客傳》，杜光所撰。隋代名妓，姓張，名出塵。原是隋朝宰相楊素的侍妓，後遇李靖，認爲此人以後會大有作爲，夜晚前往投奔。綠綺，卓文君的代稱。綠綺是梁王賜給司馬相如的古琴，卓文君隨司馬相如私奔，遂成一段佳話。
※37篋：讀作「竊」，放東西的箱子。
※38華陽洞：一說是神仙居住的洞府；一說是道教十大洞天之一，位於今江蘇省金壇茅山境內。
※39高蹈：比喻遠行。
※40朱家：楚漢相爭之時，季布曾爲項羽麾下，後被漢高祖劉邦追捕，季布逃至朱家賣身爲奴。此處以此段典故，比喻唐寅相似的遭遇。

眉批

◎4：具眼。（無礙居士）

好事已成誰索笑，屈身今去尚含羞。
主人若問眞名姓，只在「康宣」兩字頭。

是夜，僱了一隻小船，泊於河下。黃昏人靜，將房門封鎖，同秋香下船，連夜望蘇州去了。天曉，家人見華安房門封鎖，奔告學士。學士教打開看時，床帳什物，一毫不動，護書內帳目開載明白。學士沉思，莫測其故。抬頭一看，忽見壁上有詩八句。讀了一遍，想：「此人原名是康宣，又不知甚麼意故，來府中住許多時。若是不良之人，財上又分毫不苟。又不知那秋香如何就肯隨他逃走？如今兩口兒又不知逃在那裡。我棄此一婢，亦有何難？只要明白了這樁事跡。」便叫家童喚捕人來，出信賞錢，各處緝獲康宣、秋香，杳無影響。過了年餘，學士也放過一邊了。

忽一日，學士到蘇州拜客，從閶門經過。家童看見書坊中有一秀才，坐而觀書，其貌酷似華安，左手亦有枝指。報與學士知道。學士不信，分付此童再去看了詳細，並訪其人名姓。家童覆身到書坊中，那秀才又和著一個同輩說話，剛下階頭。家童乖巧，悄悄隨之。那兩個轉彎※41向潼子門下船去了。僕從相隨，

明張靈繪《唐伯虎像》。

共有四五人。背後察其形相，分明與華安無二，只是不敢唐突。家童回轉書坊，問店主：「適來在此看書的是什麼人？」店主道：「是唐伯虎解元相公。今日是文衡山※42相公舟中請酒去了。」家童道：「方纔同去的那一位可就是文相公麼？」店主道：「那是祝枝山※43，也都是一般名士。」家童一一記了，回復了華學士。學士大驚，想道：「久聞唐伯虎放達不羈，難道華安就是他？明日專往拜謁，便知是否。」

次日，寫了名帖，特到吳趨坊拜唐解元。解元慌忙出迎，分賓而坐。學士再三審視，果肖華安。及捧茶，又見手白如玉，左有枝指。意欲問之，難於開口，茶罷，解元請學士書房中小坐。學士有疑未決，亦不肯輕別，遂同至書房。見其擺設齊整，嘖嘖歎羨。少停酒至，賓主對酌多時。學士開言道：「貴縣有個康宣，其人讀書不遇，甚通文理。先生識其人否？」解元唯唯※44。學士又道：「此人去歲曾傭

註

※41 彎：《警世通言四十卷》明王氏三桂堂刊本作「灣」。

※42 文衡山：即文徵明。初名壁，以字行，別字徵仲，號衡山，明長洲（今江蘇省吳縣）人。精通詩、文、書、畫，正德末年授翰林院待詔。與沈周、唐寅、仇英合稱「明四大家」。

※43 祝枝山：即祝允明。字希哲，號枝山。長洲（今屬江蘇蘇州市）人。因右手有六根手指，因而自號「枝指生」。書法尤爲擅長，與當時徐禎卿、唐寅、文徵明號稱「吳中四才子」。

※44 唯唯：恭敬應諾之詞。

書於舍下，改名華安。先在小兒館中伴讀，後在學生書房管書柬。後又在小典中為主管。因他無室，教他於賤婢中自擇。他擇得秋香成親。數日後夫婦俱逃，房中日用之物，一無所取，竟不知其何故？學生曾差人到貴處察訪，並無其人。先生可略知風聲麼？」解元又唯唯。學士見他不明不白，只是胡答應，忍耐不住，只得又說道：「此人形容，頗肖先生模樣，左手亦有枝指，不知何故？」解元又唯唯。

少頃，解元暫起身入內。學士翻看桌上書籍，見書內有紙一幅，題詩八句，讀之，即壁上之詩也。解元出來，學士執詩問道：「這八句詩乃華安所作，此字亦華安之筆，如何又在尊處？必有緣故。願先生一言，以決學生之疑。」解元道：「容少停奉告。」學士心中愈悶，道：「先生見教過了，學生還坐；不然，即告辭矣。」解元道：「稟復不難，求老先生再用幾杯薄酒。」學士又喫※45了數杯。解元巨觥奉勸。學士已半酣，道：「酒已過分，不能領矣。學生惓惓※46請教，止欲剖胸中之疑，並無他念。」解元道：「請用一筯※47粗飯。」飯後獻茶，看看天晚，童子點燭到來。學士愈疑，只得起身告辭。解元道：「請老先生暫挪貴步，當決所疑。」命童子秉燭前引，解元陪學士隨後，共入後堂。堂中燈火煌煌※48，裡

唐寅畫作《吹簫仕女圖》。

面傳呼：「新娘來。」只見兩個丫鬟，伏侍一位小娘子，輕移蓮步而出。珠珞重遮，不露嬌面。學士惶悚退避。解元一把扯住衣袖道：「此小妾也。通家長者，合當拜見，不必避嫌。」丫鬟鋪氈，小娘子向上便拜。學士還禮不迭。解元將學士抱住，不要他還禮。拜了四拜，學士只還得兩個揖，甚不過意。拜罷，解元攜小娘子近學士之傍，帶笑問道：「老先生請認一認，方纔說學生頗似華安，不識此女亦似秋香否？」學士熟視大笑，慌忙作揖，連稱：「得罪。」解元道：「還該是學生告罪。」二人再至書房。解元命重整杯盤，洗盞更酌。酒中，學士復叩其詳。解元將閶門舟中相遇始末細說一遍。各各撫掌大笑。學士道：「今日即不敢以記室※49相待，少不得行子婿之禮。」解元道：「若要甥舅相行，恐又費丈人粧奩※50耳。」二人復大笑。是夜，盡歡而別。

學士回到舟中，將袖中詩句置於桌上，反覆玩味：「首聯道：『擬向華陽洞

註

※45喫：同「吃」。

※46惓惓：讀作「全全」，眞摯誠懇。

※47筯：同「箸」，筷子。

※48煌煌：光明的樣子。

※49記室：古代掌書記的官。

※50粧奩：同「妝奩」，指嫁妝。奩讀作「連」。

裡游。』是說有茅山進香之行了。『行蹤端為可人留。』分明為中途遇了秋香，擔擱住了。第二聯：『願隨紅拂同高蹈，敢向朱家惜下流。』他屈身投靠，便有相挈※51而逃之意。第三聯：『好事已成誰索笑？屈身今去尚含羞。』這兩句明白。末聯：『主人若問真名姓，只在「康宣」兩字頭。』『康』字一『唐』字頭一般，『宣』字與『寅』字頭無二，是影著唐寅二字。我自不能推詳耳。」他此舉雖似情癡，然封還衣飾，一無所取，乃禮義之人，不枉名士風流也。」學士回家，將這段新聞向夫人說了。夫人亦駭然。於是厚具粧奩，約值千金，差當家老姆姆押送唐解元家。從此兩家遂為親戚，往來不絕。至今吳中把此事傳作風流話柄。有唐解元〈焚香默坐歌〉，自述一生心事。最做得好。歌曰：

焚香默坐自省己，口裡喃喃想心裡。

拜罷，解元攜小娘子近學士之傍，帶笑問道：「老先生請認一認，方纔說學生頗似華安，不識此女亦似秋香否？」（古版畫，選自《今古奇觀》明末吳郡寶翰樓刊本。）

心中有甚害人謀？口中有甚欺心語？
爲人能把口應心，孝弟忠信從此始。
其餘小德或出入，焉能磨涅※52吾行止。
頭插花枝手把杯，聽罷歌童看舞女。
食色性也※53古人言，今人乃以爲之恥。
及至心中與口中，多少欺人沒天理。
陰爲不善陽掩之，則何益矣徒勞耳！
請坐且聽吾語汝，凡人有生必有死；
死見閻君面不慚，纔是堂堂好男子。

註

※52相挈：互相幫助、攙扶。

※52磨涅：語出《論語．陽貨》：「不曰堅乎？磨而不磷。不曰白乎？涅而不緇。」說它不堅硬嗎？磨之不損壞。說它不潔白嗎？用黑色的染料去染也不會變黑。後用以比喻經得起考驗，不改其操守。

※53食色性也：語出《孟子．告子上》：「食色性也。」告子謂食色性也，認爲餓了要吃東西，看到美女自會去追求是人的本性；而不以仁義禮智爲本性，被孟子所反對。

第三十四卷　女秀才移花接木

萬里橋邊薛校書※1，枇杷窗下閉門居。
掃眉才子※2知多少？管領春風※3總不如。

這四句詩，乃唐人贈蜀中妓女薛濤之作。這個薛濤乃是女中才子。南康王韋皋做西川節度使時，曾表奏他做軍中校書，故人多稱為薛校書。所往來的是高千里※4、元微之※5、杜牧之※6一班兒名流。又將浣花溪水造成小箋，名曰「薛濤箋」。詞人墨客得了此箋，猶如拱璧※7。真正名重一時，芳流百世。國朝洪武年間，有廣東廣州人田洙，字孟沂，隨父田百祿到成都赴教官之任。那孟沂生得風流標致，又兼才學過人，書、畫、琴、棋之類無不通曉。學中諸生日與嬉游，愛同骨肉。過了一年，百祿要遣他回去；孟沂的母親心裡捨不得他去，又且寒官冷署※8，盤費難處。百祿與學中幾個秀才商量，要在地方上尋一個館與兒子坐坐，一來可以早晚讀書，二來得些館

明仇英繪《列女傳圖：薛濤戲箋》。

資，可為歸計。這些秀才，巴不得留住他，訪得附郭※9一個大姓張氏，要請一館賓※10，眾人遂將孟沂力薦於張氏。張氏送了館約，約定明年正月元宵後到館。至期，學中許多有名的少年朋友，一同送孟沂到張家來，連百祿也自送去。張家主人曾為運使※11，家道饒裕，見是老廣文※12帶了許多時髦※13到家，甚為喜歡。開筵相待。酒罷各散，孟沂就在館中宿歇。

註

※1校書：古代官名。掌管校勘書籍的官員。

※2掃眉才子：通曉文學的女子。掃眉，指女子畫眉。

※3管領春風：指獨領風騷。春風，指春風詞筆，風流文采。

※4高千里：原名高駢，字千里。祖父是唐代名將高崇。在詩歌上頗有才華，是一武官。

※5元微之：原名元稹，字微之，唐河南（今河南省洛陽縣）人。唐穆宗時官拜宰相。主張詩歌平易近人，是唐代著名詩人。與白居易齊名，世人並稱元白。著有元氏長慶集。

※6杜牧之：原名杜牧，字牧之。京兆萬年（今陝西西安）人。以文學流傳於世，最終官拜中書舍人。與李商隱齊名，有「小李杜」之稱。著有《樊川文集》。

※7拱璧：須以雙手合捧的大璧玉。此處形容如獲至寶。

※8寒官冷署：意指官職卑下，俸祿低薄。

※9附郭：緊臨都城的郊外。

※10館賓：延請至家館中授課的先生。

※11運使：轉運使的簡稱。古代官名。唐代開始置設，掌管財貨、賦稅與糧食等運輸事務。宋代則兼掌軍事、掌管刑事判牘以及地方巡察等職務。到了明代僅掌管鹽政。

※12老廣文：明、清兩代，對於職掌教誨曉諭的教官稱呼。

※13時髦：年輕一輩優秀的讀書人。

到了二月花朝日※14，孟沂要歸省父母。主人送他節儀※15二兩。孟沂藏在袖子裡便了，步行回去。偶然一個去處，望見桃花盛開。一路走去看，竟甚幽僻。孟沂心裡喜歡，佇立少頃，觀翫※16景緻。忽見桃林中一個美人，掩映花下。孟沂曉得是良人家，不敢顧盼，逕自走過，未免帶些賣俏※17身子，拖下袖來。袖中之銀，不覺落地。美人看見，便叫隨侍的丫鬟拾將起來，送還孟沂。孟沂笑受，致謝而別。

明日，孟沂有意打那邊經過，只見美人與丫鬟仍立在門首。孟沂望著門前走去，丫鬟指道：「昨日遺金的郎君來了。」美人略略欠斂身，避入門內。孟沂見了丫鬟敘述道：「昨日多蒙娘子美情，拾還遺金，今日特來造謝。」美人聽得，叫丫鬟請入內廳相見。孟沂喜出望外，急整衣冠，望門內而進。美人早已迎著，至廳上相見禮畢。美人先開口道：「郎君莫非是張運使宅上西賓麼？」孟沂道：「然也。昨日因館中回家，道經於此，偶遺少物，得遇夫人盛情，命尊姬拾還，實為感激。」美人道：「張氏一家親戚，彼西賓即我西賓，還金小事，何足為謝。」孟沂道：「欲問夫人高門姓氏，與敝東何親？」美人道：「寒家姓平，成都舊族也。妾乃文孝坊薛氏女，嫁與平氏子康，不幸早卒。妾獨孀居於

所謂的薛濤箋以胭脂木浸泡搗拌成漿，加上雲母粉，滲入井水，圖為四川成都望江樓公園內的薛濤井。（圖片來源：Daderot）

此。與郎君賢東，乃鄉鄰姻婭※18。郎君即是通家※19了。」孟沂見說是孀居，不敢久留，兩杯茶罷，起身告退。美人道：「郎君便在寒舍過了晚去。若賢東曉得郎君到此，妾不能久留款待，覺得不趣了。」即分付快辦酒饌。不多時，設著兩席，與孟沂相對而坐。坐中殷勤勸酬。笑語之間，美人多帶些謔浪話頭。孟沂認道是張氏至親，雖然心裡技癢難熬，還拘拘束束，不敢十分放肆。◎1美人道：「聞得郎君倜儻俊才，何乃作儒生酸態？妾雖不敏，頗解吟詠。今遇知音，不敢愛醜。當與郎君賞鑒文墨，唱和詞章，郎君不以為鄙，妾之幸也。」遂叫丫鬟取出唐賢遺墨，與孟沂看。孟沂從頭細閱，多是唐人真跡手翰詩詞，惟元稹、杜牧、高駢的最多，墨跡如新。孟沂愛翫，不忍釋手，道：「此希世之寶也。夫人情鍾此類，真是千古韻人※20了。」美人謙謝。兩個談話有味，不覺夜已二鼓。孟沂辭酒不飲。美人延入寢室，自薦枕席，道：「妾獨處已久，今見郎君高雅，不能無情，願得奉陪。」孟

註

※14花朝日：相傳百花的誕辰，於農曆二月十二日或十五日。
※15節儀：節日的禮物。
※16翫：觀看、賞玩。通「玩」。
※17賣俏：故作姿態吸引人。
※18姻婭：泛指姻親。
※19通家：世交，世代有交情往來的家庭。
※20韻人：風雅超卓之人。

眉批

◎1：孀居而可茶可酒矣，尚何拘束爲？眞酸物耳。（即空觀主人）

沂道：「不敢請耳，固所願也。」兩個解衣就枕，魚水歡情，極其繾綣。枕邊切切叮嚀道：「慎勿輕言。若賢東知道，彼此名節喪盡了。」次日，將一個臥獅玉鎮紙贈與孟沂，送至門外道：「無事就來走走，勿學薄倖人。」孟沂道：「這個何勞分付。」

孟沂到館哄主人道：「老母想念，必要小生歸家宿歇，小生不敢違命留此。從今早來館中，夜歸家裡便了。」主人信了謊話，道：「任從尊便。」自此，孟沂在張家只推家裡去宿，家裡又說在館中宿，竟夜夜到美人處宿了整有半年，並沒有一個人知道。孟沂與美人賞花翫月，酌酒吟詩，曲盡人間之樂。兩人每每你唱我和，做成聯句，如〈落花二十四韻〉，〈月夜五十韻〉，鬥巧爭妍，真成敵手。詩句太多，恐看官每厭聽，不能盡述。只將他兩人四時迴文詩※21表白一遍。美人詩道：

花朵幾枝柔傍砌，柳絲千縷細搖風。
霞明半嶺西斜日，月上孤村一樹松。
（春）

涼回翠簟※22冰人冷，齒沁清泉夏月寒。

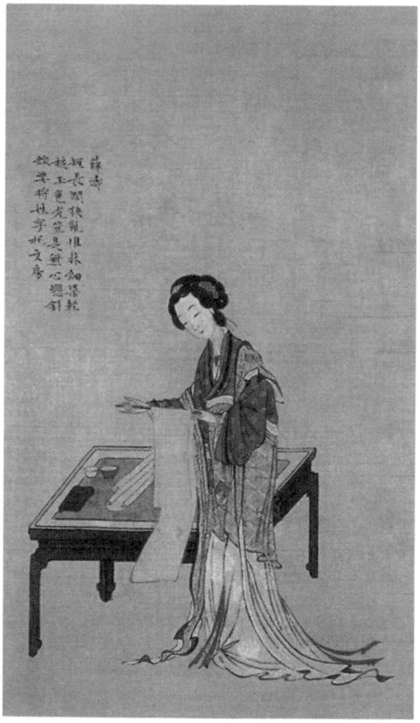

明仇英《千秋絕豔圖：薛濤》。

香篆※23裊風清縷縷，紙窗明月白團團。（夏）

蘆雪覆汀秋水白，柳風凋樹晚山蒼。
孤幃客夢驚空館，獨雁征書寄遠鄉。（秋）

天凍雨寒朝閉户，雪飛風冷夜關城。
鮮紅炭火圍爐煖，淺碧茶甌注茗清。（冬）

這個詩，怎麼叫做「迴文」？因是順讀完了，倒讀轉去，皆可通得。最難得這樣渾成，非是高手不能。美人一揮而就。孟沂也和他四首道：

芳樹吐花紅過雨，入簾飛絮白驚風。
黃添曉色青舒柳，粉落晴香雪覆松。（春）

註

※21迴文詩：一種字句往復運用，正讀倒讀皆通順的詩。
※22簟：讀作「店」，竹蓆。
※23香篆：香爐中燃燒的煙霧，狀如篆字，故名。

瓜浮甕水涼消暑，藕疊盤冰翠嚼寒。

斜石近階穿筍密，小池舒葉出荷團。（夏）

殘石絢紅霜葉出，薄煙寒樹晚林蒼。

鸞書※24寄恨羞封淚，蝶夢驚愁怕念鄉。（秋）

風捲雪篷寒罷釣，月輝霜析冷敲城。

濃香酒泛霞杯滿，淡影梅橫紙帳※25清。（冬）

孟沂和罷，美人甚喜，真是才子佳人，情味相投，樂不可言。卻是好物不堅牢，自有散場時節。

一日，張運使偶過學中，對老廣文田百祿說道：「令郎每夜歸家，不勝奔走之勞，何不仍留寒舍住宿，豈不為便？」百祿道：「自開館後，一向只在公家。止因老妻前日有疾，曾留得數日，這幾時並不曾來家宿歇，怎麼如此說？」張運使曉得內中必有蹺蹊，恐礙著孟沂，不敢進言而別。

是晚，孟沂告歸。張運使不說破他，只教館僕尾著他去。到得半路忽然不見。

位於四川成都望江樓公園內的薛濤雕像，望江樓公園為薛濤住處遺址。（圖片來源：Daderot）

館僕趕去追尋，竟無下落。回來對家主說了。運使道：「他少年放逸，必然花柳人家去了。」館僕道：「這條路上何曾有什麼妓館？」運使道：「你還到他衙中問問看。」館僕道：「天色晚了，怕關了城門出來不得。」運使道：「就在他家宿了，明日早辰來回我不妨。」

到了天明，館僕回話，說是不曾回衙。運使道：「這等那裡去了？」正疑怪間，孟沂恰到。運使問道：「先生，昨宵宿於何處？」孟沂道：「家間。」運使道：「豈有此理！學生昨日叫人跟隨先生回去，因半路上不見了先生，小僕直到學中去問，先生不曾到宅，怎如此說？」孟沂道：「半路上遇到一個朋友去講話，直到天黑回家，故此盛僕※26來時問不著。」館僕道：「小人昨夜宿在相公家了，方纔回來的。田老爺見說了，甚是驚慌，要自來尋問。相公如何還說著在家的話？」孟沂支吾不來，顏色盡變。運使道：「先生若有別故，當以實說。」孟沂曉得遮掩不過，只得把遇著平家薛氏的話說了一遍，道：「此乃令親相留，非小生敢作此無行之事。」運使道：「我家何嘗有親戚在此地方？況親戚中也無平姓者，必是鬼

註

※24鸞書：男女訂親的婚帖。
※25紙帳：用藤皮繭紙縫製而成遮蔽的布帳。
※26盛僕：對他人僕從的敬稱。

崇。今後先生自愛，不可去了。」孟沂口裡應承，心裡那裡信他？傍晚又到美人家裡，備對美人說形跡已露之意。美人道：「我已先知道了，郎君不必怨悔，亦是冥數盡了。」遂與孟沂痛飲，極盡歡情。到了天明，哭對孟沂道：「從此永別矣！」將出灑墨玉筆管一枝，送與孟沂道：「此唐物也，郎君慎藏在身，以為記念。」揮淚而別。

那邊張運使料先生晚間必去，叫人看著，果不在館。運使道：「先生這事，必要做出來，這是我們做主人的干係，不可不對他父親說知。」遂步至學中，把孟沂之事，備細說與百祿知道。百祿大怒，遂叫了學中一個門子，同著張家館僕，到館中喚孟沂回來。孟沂方別了美人回到張家，想念道：「他說永別之言，只怕風聲敗露矣。我便耐守幾時，再去走動，或者還可相會。」正躊躇間，父命已至，只得跟著回去。百祿一見，喝道：「你書倒不讀，夜夜在那裡遊蕩？」孟沂看見張運使一同在家了，便無言可對。百祿見他不說，就拿起一條柱杖，劈頭打去，道：「還不實告！」孟沂無奈，只得把相遇之事，及錄成聯句一本，與所送鎮紙、筆管兩物，多將出來，道：「如此佳人，不容不動心，不必罪兒了。」百祿取來逐件一看。看那玉色，是幾百年出

四川成都望江樓公園內的薛濤墓。（圖片來源：Daderot）

土之物，管上有篆字，刻「渤海高氏清玩」六個字。又揭開詩來從頭細閱，不覺心服，對張運使道：「物既稀奇，詩又俊逸，豈尋常之怪？我每可同了不肖子，親到那地方，去查一查蹤跡看。」二人遂同出城來。

將近桃林，孟沂道：「此間是了。」進前一看，孟沂驚道：「怎生屋宇俱無了？」百祿與運使齊抬頭一看，只見水碧山青，桃林茂盛。荊棘之中，有墳纍然。張運使點頭道：「是了，是了。此地相傳是唐妓薛濤之墓◎2，後人因鄭谷※27詩有『小桃花遶薛濤墳』之句，所以種桃百株，為春時游賞之所。賢郎所遇，必是薛濤也。」百祿道：「怎見得？」張運使道：「他說所嫁是平氏子康，分明是平康巷了。又說文孝坊，城中並無此坊。文孝乃是『教』字，分明是教坊了。平康巷教坊，乃是唐時妓女所居。今云薛氏，不是薛濤是誰？且箋上有高氏字，乃是西川節度使高駢。駢在蜀時，濤最蒙寵待。二物是其所賜無疑。濤死已久，其精靈猶如此。此事不必窮究了。」百祿曉得運使之言甚確，恐怕兒子還要著迷，打發他回歸廣東。後來孟沂中了進士，常對人說，便將二玉物為證。雖然想念，再不相遇了。至今傳有〈田洙遇薛濤〉故事。小子為何說這一段鬼話？只因蜀中女子，從來號稱

註

※27鄭谷：字守愚，江西袁州（今宜春）人，工於詩歌。

眉批

◎2：一段佳話，乃爲俗主俗父所敗。（即空觀主人）

多才。如文君、昭君※28，多是蜀中所生，皆有文才。所以薛濤一個妓女，生前詩名，不減當時詞客，死後猶且詩興勃然，這也是山川的秀氣。唐人詩有云：

錦江膩滑峨眉秀，幻出文君與薛濤。

誠為千古佳話。至於黃崇嘏※29女扮為男，做了相府掾屬，今世傳有《女狀元》，本也是蜀中故事。可見蜀女多才，自古為然。至今兩川風俗，女人自小從師上學，與男人一般讀書，還有考試進庠，做青衿弟子。若在別處，豈非大段奇事？而今說這一家子的事，委曲奇咤，最是好聽。

從來女子守閨房，幾見裙釵入學堂？
文武習成男子業，婚姻也只自商量。

話說四川成都府綿竹縣，有一個武官，姓聞名確，乃是衛中世襲指揮。因中過武舉兩榜，累官至參將，就鎮守彼處地方。家中富厚，賦性豪奢。夫人已故，房中有一班姬妾，多會吹彈歌

卓文君與薛濤同為四川著名才女，圖為日本江戶時代畫家司馬江漢所繪《卓文君像》。

舞。有一子也是妾生，未滿三週。有一個女兒，年十七歲，名曰蜚蛾，丰姿絕世。卻是將門將種，自小習得一身武藝。他最善騎射，真能百步穿楊。模樣雖是娉婷，志氣賽過男子。他起初因見父親是個武出身，受那外人指目，只說是個武弁[30]人家，必須得個子弟在黌門[31]出入，方能結交斯文士夫，不受人的欺侮。怎奈兄弟尚小，等他長大不得。所以一向裝做男子，到學堂讀書，外邊走動，只是個少年學生。到了家中內房，方還女扮。如此數年，果然學得滿腹文章，博通經史。遇著宗師到來，他就改名勝杰，表字儁卿，取勝過豪傑男人之意。一般隨行逐隊，去考童生。且喜文星照命，縣、府、道高前列，做了秀才。他男扮久了，人多認他做聞參將的小舍人。一進了學，多來賀喜，府縣迎送到家。參將也只是將錯就錯，歡喜開宴。蓋是武官人家，秀才乃極難得的。從此，參將與官府往來，添了個幫手，有好些氣色。那內外大小，卻像忘記他是女兒一般的，凡事盡要蜚蛾支持。

註

※28文君、昭君：即卓文君與王昭君。卓文君是漢代有名的才女，隨司馬相如私奔，遂成一段佳話。王昭君，漢元帝時選入宮中，呼韓邪單於入朝，求娶漢人爲妻，元帝將王昭君賜給他，號寧胡閼氏。

※29黃崇嘏：五代前蜀的才女。她考中狀元，任司户參軍，突顯才幹。身受丞相周庠的賞識，要把女兒嫁給他，黃崇嘏寫詩婉拒。其生平事蹟，被明代徐渭改編爲雜劇《女狀元》。

※30武弁：武官的舊稱。

※31黌門：學校門口。黌，讀作「洪」。

他同學有兩個好友：一個姓魏名造，字撰之；一個姓杜名億，字子中。兩人多是出群才學，英銳少年。與聞俊卿意氣相投，學業相長。◎3況且年紀差不多：魏撰之方年十九，長聞俊卿兩歲；杜子中卻與俊卿同年，只小得兩個月。三人就如親生兄弟一般，極是契厚，同往學中一個齋舍裡讀書。二人無心，只認做同窗好友。聞俊卿卻有意要在二人之中，揀一個嫁他。將二人比並起來，又覺得杜子中是同庚生，凡事彷彿，模樣也是他標緻些，更為中意，比魏撰之分外說得投機。杜子中見俊卿意思又好，丰姿又妙，常對他道：「我與兄兩人，可惜多做了男子。我若為女，必當嫁兄；兄若為女，我必當娶兄。」魏撰之聽得，便取笑道：「而今世界盛行男色※32，久已顛倒陰陽。那見得兩男便嫁娶不得？」聞俊卿正色道：「我輩俱是孔門弟子，以文藝相知，彼此愛重。若想著淫呢※33，把面目放在何處？況堂堂男子，肯效頑童所為乎？該罰魏兄東道才是。」魏撰之道：「適纔聽得子中愛慕俊卿，恨不得身為女子，故爾取笑；若俊卿不愛此道，子中也就變不及身子了。」杜子中道：「我原是兩下的說話，今只說得一半，把我說得失便宜了。」魏撰之道：「三人這中，誰叫你獨小？自然該喫些虧。」大

祝英台也是中國民間故事中女扮男裝的代表，圖為中國越劇《梁山伯與祝英台》，刊登於1952年的《人民畫報》。

家笑了一回。

俊卿歸家來，脫了男服，還是個女身。暗想道：「我久與男人做伴，已是不宜。豈可他日捨此同學之人，另尋配偶不成？畢竟止在二人之內了。雖然杜生更覺可喜，魏兄也自不凡，不知後來還是那個結果好，姻緣還在那個身上？」好生委決不下。他家中一個小樓，可以四望。心中有事，趁步登樓，見一隻烏鴉在樓窗前飛過，卻去住在百來步外一株高樹上，對著樓窗呀呀的叫。俊卿認得這株樹，乃是學中齋前之樹，心裡道：「叵耐※34這業畜叫得不好聽，我結果它去。」跑下來自己臥房中，取了弓箭，跑上樓來，那烏鴉還在那裡狠叫。俊卿道：「我借這業畜，卜我一件心事則個。」扯開弓，搭上箭，口裡輕輕道：「不要誤我！」颼的一響，箭到處，那邊烏鴉墜地。這邊望去看見，情知中箭了，急急下樓來，仍舊改了男妝，要到學中看那枝箭下落。

且說杜子中在齋前閒步，聽得鴉鳴正急，忽然「撲」的一響，掉下地來。走去看時，鴉頭上中了一箭，貫睛而死。子中拔了箭出來道：「誰有此神手，恰恰貫著

註

※32男色：同性男子相戀。
※33淫昵：淫穢狎昵。
※34叵耐：可惡、可恨。叵，讀作「頗」。

眉批

◎3：久假不歸，俱當妙齡，而以一雌伴兩雄，得無隙虞乎？（即空觀主人）

他頭腦？」仔細看，那箭幹上有兩行細字道：

矢不虛發，發必應弦。

子中念道：「那人好誇口！」魏撰之聽得，急出來叫道：「拿與我看！」在杜子中手裡接了過去。正同著看時，忽然子中家裡有人來尋，子中掉著箭自去了。

魏撰之細看時，八個字下邊，還有「蜚蛾記」三小字，想道：「蜚蛾乃女人之號，難道女子中有此妙手？這也咤異。適纔子中不看見這三個字，若見時，必然還要稱奇了。」沉吟間，早有聞俊卿走將來，看見魏撰之捻著這枝箭，立在那裡。忙問道：「這枝箭是兄拾了麼？」撰之道：「箭自何來的？兄卻如此盤問。」俊卿道：「箭上有字的麼？」撰之道：「因為有字，在此念想。」俊卿道：「念想些甚麼？」撰之道：「有『蜚蛾記』三字。蜚蛾必是女人，故此想著，難道有這般善射的女子不成？」俊卿假言道：「不敢欺兄，蜚蛾即是家姊。」撰之道：「令姊有如此巧藝！曾許聘那家了？」俊卿道：「尚未。」撰之道：「模樣如何？」俊卿道：「與小弟有些廝

杜子中走去看時，鴉頭上中了一箭，貫睛而死。（古版畫，選自《今古奇觀》明末吳郡寶翰樓刊本。）

像。」撰之道：「這等必是極美的了。俗語道：『未看老婆，先看阿舅。』小弟還未有室，吾兄與小弟做個撮合山※35何如？」俊卿道：「家下事，多是小弟作主。老父面前，只消小弟一言，無有不依。只未知家姊心下如何？」撰之道：「令姊處，也仗吾兄幫襯。通家之雅，料無推拒。」俊卿道：「小弟謹記在心。」撰之喜道：「得兄應承，便十有八九了。誰想姻緣卻在此枝箭上，小弟謹當寶此，以為後驗。」便把那枝箭藏於書廂中。又取出羊脂玉鬧妝※36一個，遞與俊卿道：「以此奉令姊，權答此箭，作個信物。」俊卿接來，束在腰間。撰之道：「小弟聊謅俚言，道意於令姊何如？」俊卿道：「願聞。」撰之吟道：

聞得羅敷※37未有夫，支機※38肯與問津無？
他年得射如皋雉※39，珍重今朝金僕姑※40。

註

※35撮合山：撮合婚事的媒人。
※36鬧妝：以金銀珠寶等鑲嵌而成的飾品。
※37羅敷：古代美女名。邯鄲人，姓秦，在陌上採桑，太守看見覬覦她的美貌，想納她爲妾，羅敷自言已有夫婿，婉拒太守。
※38支機：古代神話中，天河織女用來支撐織布機的石頭。此處以支機借代聞俊卿虛構的姐姐。
※39如皋雉：典故出自《左傳．昭公二十八年》。賈大夫貌醜，娶了一房美貌的妻子，成親三年不展笑顏。及至賈大夫在如皋此地射中了一隻野雞，其妻才有說有笑。
※40金僕姑：古代箭名。典故出自《左傳．莊公十一年》。在乘丘之役中，公以僕姑射殺叛逆南宮長萬。

俊卿笑道：「詩意最妙，只是兄貌不陋，似太謙了些。」撰之笑道：「小弟雖不便似賈大夫之醜，若與令姊相並，定是不及。」俊卿含笑而別。

從此，撰之胸中，痴痴裡想著聞俊卿有個阿姊，貌美技驚，要得為妻。有了這個念頭，並不與杜子中說知，因為箭是他所拾，恐怕說明此段緣由，起子中爭娶之念，故此半字不題。誰想這枝箭原有來歷。俊卿學射時節，便懷著擇配之心。竹幹上刻那兩句，固是誇著發矢必中，也暗藏個應弦的啞謎。他射那烏鴉之時，明知在書齋樹上，射去這枝箭，心裡暗卜一卦，看他兩人那個先拾得者，即是百年姻眷，為此急急來尋下落。不知是杜子中先拾著，後來掉在魏撰之手裡。俊卿只見在魏撰之處，以為姻緣有定◎4，故假意說是姊姊，其實多暗隱著自己的意思。魏撰之不知其故，憑他搗鬼，只道的真有個姊姊。俊卿卻又錯認魏撰之乃天定良緣，已是心口相許；但為杜子中十分相愛，好些拋撇不下。歎口氣道：「一馬跨不得雙鞍，我又違不得天意。他日別尋件事端，補其夙昔美情。」明日來對魏撰之道：「老父與家姊面前，小弟十分攛掇※41，已有允意。玉鬧妝也留在家姊處了。老父的意思，要等秋試過，待兄高捷，方議此事。」魏撰之道：「就

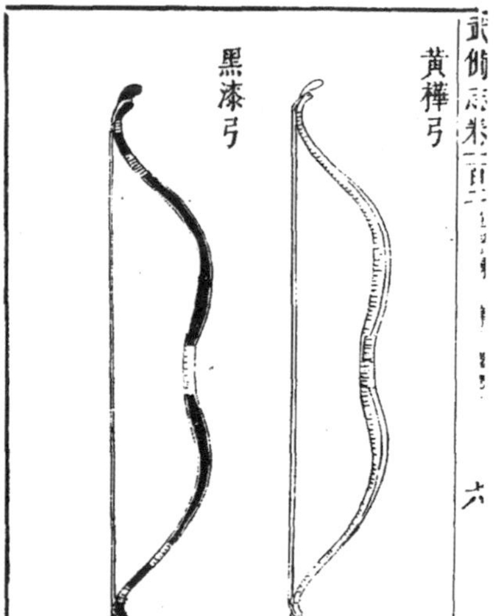

明茅元儀《武備志》中的古代弓圖。

遲到今冬也無妨。只是一言既定，再無翻變纔好。」俊卿道：「有小弟在，誰翻變得？」魏撰之不勝之喜，連忙作揖道：「多謝吾兄主盟，異日當圖厚報。」

話休煩絮。時值秋闈※42，魏撰之與杜子中、聞俊卿多考在優等，起送鄉試。兩人來拉俊卿同去。俊卿與父參將計較道：「女孩兒家只好瞞著人，暫時做秀才耍子。若當真去鄉試，一下子中了舉人，後邊露出真情來，就要關著奏請干係，事體弄大了，不好收場。決使不得！」遂託病不行。魏、杜兩生，只得撇了自去赴試。揭曉之日，兩生多得中了。

聞俊卿見兩家報了捷，也自歡喜。打點等魏撰之迎到家時，方把求親之話，與父親說知。不想安綿兵備道與聞參將不合。時值軍令考察，開下若干款數，遞個揭帖，到院按處，誣他冒用國課，妄報功績，侵剋軍糧，累贓巨萬。按院※43參上一本。奉聖旨：「著本處撫院※44提問。」此報一至，聞家合門慌做了一團。也就有許多倚門人尋出事端來纏擾。還虧得聞俊卿是個出名的秀才，眾人不敢十分囉唕。過

註

※41攛掇：讀作「ㄘㄨㄢ．ㄉㄨㄛ」。慫恿，從旁煽動、勸誘人去做某事。

※42秋闈：即鄉試。

※43按院：明代巡按御史的別稱。

※44撫院：明時巡撫，被朝廷派遣到各地巡察，有監督官員的職責。

眉批

◎4：只此一誤，就纏出許多變態來。人事之巧如此。（即空觀主人）

不多時，兵道有行牌到府，說奉旨犯人不宜疏縱，把聞參將收拾在府獄中去了。聞俊卿自把生員出名去遞投訴，就求保候父親。太守准了訴詞，不肯召保。俊卿就央著同窗兩個新中舉人去見太守。太守說：「礙上司分付，做不得情。」三人袖手無計。此時魏撰之自揣道：「他家患難之際，料說不得求親的閒話。」只好不提起，且一面去會試再處。

兩人臨行之時，又與俊卿作別。撰之道：「我們三人，同心之友。我兩人喜得僥倖，方恨俊卿因病蹉跎，不得同登；不想又遭此家難。而今我們匆匆進京，心下如割，卻是事出無奈。多致意尊翁，且自安心聽問。我們若少得進步，必當出力相助，來白此冤。」子中道：「此間官官相護，做定了圈套陷人。聞兄只在家營救，未必有益。我兩人進去，倘得好處，聞兄不若竟到京來商量，與尊翁尋個門路。還是那邊上流頭，好辨白冤枉。我輩也好相機助力。切記，切記！」撰之又私自叮囑道：「令姊之事，萬萬留心。不論得意不得意，此番回來，必求事諧了。」俊卿道：「鬧妝現在◎5，料不使兄失望便了。」三人灑淚而別。

聞俊卿自兩人去後，一發沒有商量可救父親。虧得官無三日急，倒有七日寬，無非湊些銀子，上下分派。使用得停當※45，獄中的也不受苦，官府也不來急急要

✦明代玉飾品。（圖片來源：British Museum）

問，丟在半邊，做一件未結公案。參將與女兒計較道：「這邊的官司，既未問理，我們正好做手腳※46。我意欲修下一個辨本※47，做成一個備細揭帖，到京中訴冤。只沒個能幹的人去得，心下躊躇未定。」聞俊卿道：「這件事須得孩兒自去。前日魏、杜兩兄臨別時，也教孩兒進京去，可以相機行事。但得兩兄有一人得第，也就好做靠傍※48了。」參將道：「雖是你是個女中丈夫。若親自到京，畢竟停當。只是萬里程途，路上恐怕不便。」俊卿道：「自古多稱緹縈※49救父，以為美談。他也是個女子，況且孩兒男裝已久，遊庠※50已過，一向算在丈夫之列，有甚去不得？雖是路途遙遠，孩兒弓矢可以防身。倘有人盤問，憑著胸中見識，也支持得過，不足為慮。只是單帶著男人隨去，便有好些不便。孩兒想得有個道理：家丁聞龍夫妻，本是苗種，多善弓馬。孩兒把他妻子也扮做男人，帶著他兩個，連孩兒共是三人同走。既有婦女伏事，又有男僕跟隨，可以放心一直到京了。」參將道：「既然算計

註

※45停當：妥貼
※46做手腳：此指暗中進行營救活動。
※47辨本：自辯的文書。
※48靠傍：可依靠的人。
※49緹縈：漢文帝時淳于意的女兒。文帝四年，淳于意獲罪被判處肉刑，緹縈上書願爲官婢，以贖父罪。文帝被她孝心感動，免其刑罰。
※50遊庠：古代秀才科舉考試及格。庠，讀作「翔」

眉批

◎5：畢竟鬧妝得力。（即空觀主人）

得停當，事不宜遲，快打點動身便是了。」

俊卿依命，一面去收拾。聽得街上報進士，說魏、杜兩人多中了。俊卿不勝之喜，來對父親說道：「有他兩人在京做主，此去一發不難做事。」就揀定一日，作急起身。在學中動一紙，遊學呈詞，批個文書執照，帶在身邊。路經省下，再察聽一察，聽上司的聲口消息。你道聞小姐怎生打扮？

飄飄巾幘，覆著兩鬢青絲；窄窄靴鞋，套著一雙玉筍。上馬衣，裁成短後；鑾獅帶，妝就偏垂。囊一張玉靶弓，想開時舒臂扭腰多體態；插幾枝雁翎箭，看放處猿啼鵰落逞高強。爭羨道能文善武的小郎君，怎知是，女扮男裝的喬秀士？

一路來到了成都府中，聞龍先去尋下了一所潔靜飯店。聞俊卿後到，歇下行李，叫聞龍妻子取出帶來的山菜幾件，裝在碟內，向店中取了一壺酒，斟著慢飲。

又道：「無巧不成話。」那坐的所在，與隔壁人家窗口相對，只隔得一個小天井。正飲之間，只見

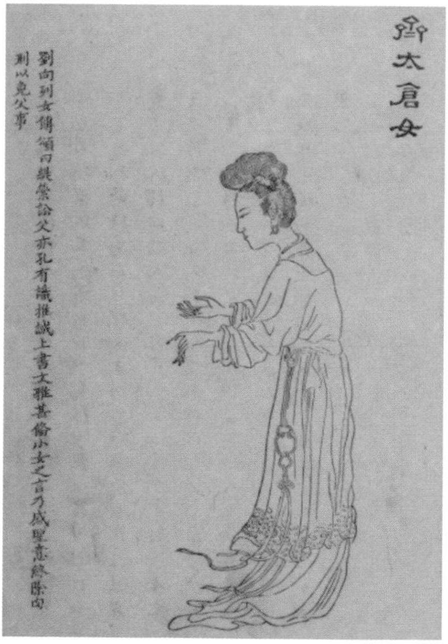

西漢淳于意女緹縈像，載於《晚笑堂竹莊畫傳》。

那邊窗裡一個女子，掩著半窗，對著聞俊卿不轉眼的看。及至聞俊卿抬起眼來，那邊又閃了進去。遮遮掩掩，只不走開。忽地打個照面，乃是個絕色佳人。聞俊卿想道：「原來世間有這樣美貌女子。」看官，你道此時若是個男人，必然動了心，就想裝出些風流家數，兩下眉頭眼角，弄出無限情景※51來了。只因聞俊卿自己也是個女身，那裡放在心上？一面取飯來喫了，且自去衙門前打幹正事。到得去了半日，傍晚回店。剛坐得下，隔壁聽見這裡有人聲，那女子又在窗邊來看。俊卿私下自笑道：「看我做甚？豈知我與你是一般樣的。」正嗟歎間，只見門外一個老姥走將進來，手中拿著一個小榼※52兒。見了俊卿，放下榼子，道個萬福，對俊卿道：「隔壁景家小娘子見舍人獨酌，送兩件果子與舍人當茶。」俊卿開看，乃是南充黃柑、順慶※53紫梨各十來枚。俊卿道：「小生偶經於此，與娘子非戚非親，如何承此美意？」老姥道：「小娘子說來：此間來萬去千的人，不曾見有舍人這等丰標，必定是貴家出身。及至問人，說是參府中小舍人。小娘子說：這俗店無物可口，叫老媳婦送此二物來解渴。」俊卿道：「小娘子何等人家，卻居此間壁？」老姥道：「這

註

※51 弄出無限情景：以眉眼來傳達心中的情意。
※52 榼：讀作「客」。此指裝食物的容器。
※53 南充、順慶：今四川省南充市，古稱果州、順慶，

小娘子是井研※54景少卿的小姐。只因父母雙亡，他依著外婆家住。他家裡自有萬金家事，只為尋不出中意的丈夫，所以還未嫁人。外公是此間富員外。這城中極興的客店，多是他家的房子，何止有十來處！進益甚好。只有這裡幽靜些，卻同家小每住在間壁。他也不敢主張把外甥許人，恐怕錯了對頭，後來怨恨。常對景小娘子道：『憑你自家看得中意的，實對我說，我就主婚。』這個小娘子也古怪，自來會揀相人物，再不會說那一個好。方纔見了舍人，便十分稱贊，敢是與舍人是夙世姻緣，天遣到此成就。」俊卿不好答應，微微笑道：「小生那有此福？」老姥道：「好說，好說。老媳婦且去看。」俊卿道：「致意小娘子，多承佳惠，客中無可奉答，但有心感盛情。」老姥去了。俊卿自想一想，不覺失笑道：「這小娘子看上了我，卻不枉費春心？」吟詩一首，聊寄其意。詩云：

爲念相如渴不禁，交梨邛橘出芳林。
卻慚未是求凰客，寂寞囊中綠綺琴。※55

次日早起，老姥又來。手中將著四枚剝淨的熟雞子，做一碗盛著，同了一小壺好茶，送到俊卿面前，道：「舍人請點

四川的黃柑為橘橙的天然雜交種，歷史悠久，至少有1700年的歷史。（圖片來源：Ryan Baker）

心。」俊卿道：「多謝媽媽盛情。」老姥道：「這是景小娘子昨夜分付了老身支持來的。」俊卿道：「又是小娘子美情。小生如何消受？有一詩奉謝，煩媽媽與我帶去。」俊卿就把昨夜之詩，寫在一幅桃桃花箋，封好付與媽媽。詩中分明是推卻之意。

媽媽拿去，就與景小姐看了。景小姐一心喜愛俊卿，見他以相如自比，反認做有意於文君。後邊二句，不過是謙讓的說話。遂也回他一首，和其末韻，詩云：

宋玉※56牆東思不禁，願爲比翼止同林。
知音已有新裁句，何用重挑焦尾琴※57。

吟罷也寫在烏絲藺紙上，叫老姥送將去。俊卿看罷，笑道：「原來小姐如此高才，難得！難得！」俊卿見他來纏得緊，生一個計較，對老姥道：「多謝小姐美

註

※54井研：古代縣名。今四川省樂山市下轄的一縣。
※55此詩借用司馬相如與卓文君的故事，指自己並無司馬相如之心。
※56宋玉：戰國楚國辭賦家。爲屈原之後最傑出的楚辭作家，後世常將兩人合稱爲「屈宋」。爲古代著名的美男子。
※57焦尾琴：東漢蔡邕的名琴，以桐木製成。

意。小生不是無情，怎奈小生已聘有室，不敢欺心妄想。上覆小姐：這段姻緣，種在來世罷了。」老姥道：「既然舍人已有了親事，老身去回覆了小娘子，省得他牽腸掛肚，空想壞了。」老姥去後，俊卿自出門去打點衙門事體，央求寬緩日期。諸色停當，到了天晚，纔回得下處。是夜無詞。

來日天早，這老姥又走將來，笑道：「舍人小小年紀，倒會掉謊。花一般的娘子滾到身邊，推著不要。昨日回了小娘子，小娘子叫我問一問兩位管家，多說道：『舍人並不曾聘過娘子。』小娘子喜之不勝◎6，已對員外說過。少刻員外自來奉拜說親，好歹要成事了。」俊卿聽罷，呆了半晌道：「這冤家帳那裡說起？只索收拾行李起來，趁早去了罷。」分付聞龍與店家會了鈔，急待起身。

只見店家走進來報道：「主人富員外相拜聞相公。」說罷，一個七十多歲的老人家，笑嘻嘻進來。堂中望見了聞俊卿，先自歡喜，問道：「這位小相公，想就是聞舍人了麼？」老姥還在店內，也跟將來說道：「正是這位。」富員外把手一拱，道：「請過來相見。」聞俊卿見過了禮，整了客座，坐下。富員外道：「老漢無事不敢冒叩新客。老漢有一外甥，乃是景少卿之女，未曾許著人家。舍甥立願不肯輕配凡流，老漢不敢擅做主張，憑他意中自擇。昨日對老漢說：『有個聞舍人下在本

✦清人所繪的《卓文君像》。

店，丰標不凡，願執箕帚※58。』所以要老漢自來奉拜，說此親事。老漢今見足下，果然俊雅非常；舍甥也有幾分姿容，況且粗通文墨，實是一對佳偶。足下不可錯過。」聞俊卿道：「不敢欺老丈：小生過蒙令甥謬愛，豈敢自外？一來令甥是公卿閥閱，小生是武弁門風，恐怕攀高不著；二來老父在難中，小生正要入京辨冤，此事既不曾告過，又不好為此擔擱，所以應承不得。」員外道：「舍人是簪纓※59世胄，況又是黌宮名士，指日飛騰，豈分甚麼文武門楣？若為令尊之事慌速入京，何不把親事議定了，待歸時稟知令尊，方可完娶。既安了舍甥之心，又不誤了足下之事，有何不可？」

聞俊卿無計推託，心下想道：「他家不曉得我的心病，如此相逼。卻又不好十分過卻打破心事。我想魏撰之有拾箭之緣，不必說了；還有杜子中更加相厚，倒不得不閃下了他，一向有個主意，要想骨肉女伴中別尋一段姻緣，以見我之情。而今既有此事，不若權且應承，定下此女。他日作成了杜子中，豈不為妙？那時曉得我是女身，須怪不得我說謊。萬一杜子中也不成，那時也好開交※60了，不像而今

註

※58執箕帚：託付終身，嫁給他爲妻。

※59簪纓：古代顯貴者的冠飾。比喻高官顯宦。

※60開交：解決、結束。

眉批

◎6：落花有意隨流水。（即空觀主人）

礙手。」算計定了，就對員外說：「既承老丈與令甥如此高情，小生豈敢不受人提挈？只得留下一件信物在此為定。待小生京中回來，上門求娶就是了。」說罷，就在身邊解下那個羊脂玉鬧妝，雙手遞與員外道：「奉此與令甥表信。」富員外千歡萬喜，接受在手，一同老姥去回覆景小姐道：「一言已定了。」員外就叫店中整起酒來，與聞舍人餞行。俊卿推卻不得，喫得盡歡而罷，相別了起身上路，少不得風餐水宿，夜住曉行。

不一日，到了京城。叫聞龍先去打聽魏、杜兩家新進士的下處，問著了杜子中的寓所。原來那魏撰之已在部給假回去了。杜子中見說聞俊卿來到，不勝之喜，忙差長班※61來接到下處。兩人相見，寒溫已畢。俊卿道：「小弟專為老父之事。前日別時，承兩兄分付入京圖便，切切在心。後聞兩兄高發，為此不辭跋涉，特來相託。不想魏撰之已歸，今幸吾兄尚在京師，小弟不致失望了。」杜子中道：「仁兄先將老伯被誣事款，做一個揭帖，逐一辨明，刊刻起來，在朝門外逢人就送。等公論明白了，然後小弟央個相好的同年在兵部的，條陳別事，帶上一段，就好到本籍去生發出脫※62了。」俊卿道：「老父有個本稿，可以上得否？」子中道：「而今重文輕武。老伯是按院題的，若武職官出名自辨，

清代畫作描繪武舉考試的情形。

他們不容起來，反致激怒，弄壞了事。不如小弟方纔說的為妙。仁兄不要輕率。」俊卿道：「感謝指教。小弟是書生之見，還求仁兄做主行事。」子中道：「異姓兄弟，原是自家身上的事，何勞叮嚀？」俊卿道：「撰之為何回去了？」子中道：「撰之原與小弟同寓多時，他說有件心事，要歸來與仁兄商量。問其何事，又不肯說。小弟說，仁兄見吾二人中了，未必不進京來。他說這是不可期的，況且事體要在家裡做的，必要先去，所以告假而歸。正不知仁兄卻又到此，可不兩相左了？敢問仁兄：他果然要商量何等事？」俊卿明知為婚姻之事，卻只做不知，推說道：「連小弟也不曉得他為甚麼？想來無非為家裡的事。」子中道：「小弟也想他沒甚麼，為何恁地等不得？」

兩個說了一回，子中分付治酒接風。就叫聞家家人安頓好了行李，不必別尋寓所，只在此間同寓。這寓所起原是兩人同住的，今去了魏撰之，房舍儘有，就安下了聞俊卿主僕三人，還綽綽有餘。當下子中又分付打掃聞舍人的臥房，就移出自己的榻來，相對鋪著，說晚間可以聯床清話。俊卿看見，心裡有些突兀起來。想道：「平日與他們同學，不過是日間相與，會文會酒，並不看見我的臥起，所以不得看

註

※61長班：官吏僱來隨身侍候的僕人。
※62出脫：開脫罪名。

破。而今同臥一室之中，便閃避不得，露出馬腳來，怎麼處？」卻又沒個說話可以推掉得兩處宿，只是自己放著精細，遮掩過去便了。

雖是如此說，卻是天下的事，是真難假，是假難真。亦且終日相處，這些細微舉動，水火不便的所在，那裡遮掩得許多？聞俊卿日間雖是長安街上，去送揭帖，做著男人的勾當；晚間宿歇之處，有好些破綻現出在杜子中的眼裡。子中是個聰明的人，有甚不省得？覺道有些詫異，愈加留心偷覷，越看越發蹺蹊。

這日，俊卿出去，忘了鎖拜匣※63。子中偷揭開來一看，多是些文翰柬帖。內有一幅草稿，寫著道：

成都錦竹縣信女聞氏，焚香拜告關眞君神前：願保父聞確，冤情早白，自身安穩。還鄉竹箭之期，鬧妝之約，各得如意。謹疏。

子中見了，拍手道：「眼見得公案在此了！我枉為男子，被他瞞過了許多時，今不怕他飛上天去！只是後邊兩句，解他不出，莫不許過了人家？怎麼處？」心裡狂蕩不禁。忽見俊卿回來，子中接入房中坐下，看著俊卿只是笑。俊卿疑怪，將自

明代存放物品的漆木盒。（圖片來源：Cleveland Museum of Art）

己身子上下前後看了又看，問道：「小弟今日有何舉動差錯了？仁兄見哂之甚。」子中道：「笑你瞞得我好。」俊卿道：「小弟到此來做的事，不曾瞞仁兄一些。」子中道：「瞞得多哩！俊卿自想麼。」俊卿道：「委實沒有。」子中道：「俊卿記得當初同齋時言語麼？原說弟若為女，必當嫁兄；兄若為女，必當娶兄。可惜弟不能為女，誰知兄果然是女！卻瞞了小弟。不然，娶兄多時了，怎麼還說不瞞？」俊卿見說著心病，臉上通紅起來道：「誰是這般說？」子中袖中摸出這紙疏頭來道：「這須是俊卿的親筆。」俊卿一時低頭無語。

子中就挨過來坐在一處，笑道：「一向只恨兩雄不能相配，今卻天遂人願也。」俊卿急站起身來道：「行蹤為兄識破，抵賴不得了。只有一件：一向承兄過愛，慕兄之心，非不有之；爭奈姻事已屬於撰之，不能再以身事兄，望兄見諒。」子中愕然道：「小弟與撰之同為俊卿窗友，論起相與意氣，還覺小弟勝他一分。俊卿何得厚於撰之，薄於小弟？況且撰之又不在此，何反捨近求遠，這是何說？」俊卿道：「仁兄有不所不知。仁兄可見疏上竹箭之期的說話麼？」子中道：「正是不解。」俊卿道：「小弟因為與兩兄同學，心中願卜所從。那日向天暗禱：

註

※63拜匣：拜客或送禮時放置帖子、名片等的盒子。

箭到處先拾得者，即為夫婦。後來這箭卻在撰之處。小弟詭說是家姐所射，撰之遂一心想慕，把一個玉鬧妝為定。此時小弟雖不明言，心已許下了。此天意有屬，非小弟有厚薄也。」子中大笑道：「若如此說，俊卿宜為我有無疑。」俊卿道：「怎麼說？」子中道：「前日齋中之箭，原是小弟拾得。看見幹上有兩行細字，以為奇異，正在念誦，撰之聽得，纔走出來，在小弟手裡接去觀看。此時偶然家中接小弟回去，就把竹箭掉在撰之處，不曾取得。何嘗是撰之拾取？若論俊卿所卜天意，一發正是小弟應占了。撰之他日可問，須混賴不得。」俊卿道：「既是曾見箭上之字，可還記得否？」子中道：「雖然看時節倉卒無心，也還記『矢不虛發，發必應弦』八個字。◎7小弟須是杜造不出。」俊卿見說得是真，心裡已自軟了。說道：「果是如此，乃天意了。只是枉了魏撰之望空想了許多時，而今又趕將回去。日後知道，甚麼意思？」子中道：「這個說不得。從來說『先下手為強』況且原該是我的。」就擁了俊卿求歡道：「相好兄弟，而今得同衾枕，天上人間，無此樂矣！」俊卿推拒不得，只得含羞走入幃帳之內，一任子中所為。有一首奮調※64〈山坡羊〉單道其事：

這小秀才有些兒怪樣，走到羅帷，忽現了本相。本是個

十九世紀時的舊照片，手持弓箭的清代兵卒。

黌宮裡折桂的郎君，改換了章臺內司花的主將。金蘭契※65，只覺得肉味馨香；筆硯交，果然是有筆如鎗。皺眉頭，忍著疼，受的是良朋針砭；趁胸懷，揉著竅，顯出那知心酣暢。用一番切切偲偲※66來也！哎呀，分明是遠方來，樂意洋洋。思量一糶一糴※67，是聯句的篇章；慌忙爲雲爲雨，還錯認了龍陽。

事畢，聞小姐整容而起，歎道：「妾一生之事，付之郎君，妾願遂矣。只是哄了魏撰之，如何回他？」忽然轉了一想，將手床上一拍道：「有處法了。」杜子中倒喫了一驚道：「這事有甚麼處法？」◎8小姐道：「好教郎君得知：妾身前日行至成都，在客店內安歇了。主人有個甥女，窺見了妾身，對他外公說了，逼要相許。是妾身想個計較，將信物權定，推道歸時完娶。當時妾身意思道魏撰之有了竹箭之約，恐怕冷淡了郎君。又見那個女子，才貌雙全，可為君配，故此留下這頭姻緣。今妾既歸君，他日回去，魏撰之題起所許之言，就把這家的說合與他，豈不兩

註

※64奤調：不入流的曲調。奤，讀作「ㄏㄚˇ」。
※65金蘭契：交情深厚的朋友。
※66切切偲偲：也作「切切節節」。典故出自《論語．子路》：「朋友切切偲偲，兄弟怡怡。」朋友間相互切磋鼓勵的樣子。偲，讀作「斯」。
※67一糶一糴：糶讀作「跳」，糴讀作「迪」。原指穀物買進賣出。

眉批

◎7：即非拾箭，此時豈能不相偶乎？（即空觀主人）
◎8：不得不驚，此處用不得兩全之術。（即空觀主人）

全其美？況且當時只說是姊姊，他心裡並不曾曉得是妾身自己，也不是哄他了。」子中驚訝道：「原來小姐在途中又有這段奇事，今若說合與撰之，不惟見小姐在友誼上始終全美，就是我與小姐配合，與撰之也無嫌矣！還有一件要問，途中認不出是女容，不必說了；但小姐雖然男扮，同兩個男僕行走，好些不便。」小姐笑道：「誰說同來的多是男人？他兩個原是一對夫婦。一男一女，打扮做一樣的，所以途中好伏侍走動，不必避嫌也。」子中也笑道：「有其主必有其僕。有才思的人，做來多是奇怪的事。」小姐就把景家女子所和之詩，拏出來與子中看。子中道：「世界也還有這般的女人！魏撰之得之，也好意足了。」小姐再與子中商量著父親之事。子中道：「而今說是我丈人，一發好措詞出力。我吏部有個相知，先央他把做對頭的兵道調了地方，就好營為了。」小姐道：「這個最是要著！郎君在心則個※68。」

子中果然去央求吏部。數日之間，推陞※69上本，已把兵道改陞了廣西地方。子中來回覆小姐道：「對頭改去，我今作速討個差與你回去，救取岳丈了事。此間已是布置，撫按輕擬上來，無不停當。」小姐愈加感激，轉增恩愛。子中討差解餉到山東地方，就便回籍。小姐仍舊扮做男人，一同聞龍夫妻，擎弓帶箭，照前妝束，騎了馬傍著子中的官轎。家人原以舍人相呼。

行了幾日，將過鄭州※70曠野之中，一杖響箭，擦著官轎射來。小姐曉得有歹人來了，分付轎上：「你們只管前走，我在此對付他。」真是忙家不會，會家不忙。取出囊弓，扣上弦，搭上箭，只見百步之外，一騎馬飛也似跑來。小姐扯開弓，喝聲道：「著！」那響馬不曾防備，早中了一箭，倒撞下馬，在地下掙扎。◎9小姐疾鞭著坐馬，趕上了轎子，高聲道：「賊人已了當也，放心前去。」一路的人，多稱贊小舍人好箭，個個忌憚。子中轎裡得意，自不必說。

自此完了公事，平平穩穩到了家中。父親聞參將已因兵道陞去，保候在外。小姐進見，備說京中事體，及杜子中營為調去了兵道之事。參將感激不勝，說道：「如此大恩，何以為報？」小姐又把被他識破，已將身子嫁與、共他同歸的事說出。參將也自喜歡道：「這也是郎才女貌，配得不枉了。你快改了妝，趁他今日榮歸吉日，我送你過門去罷。」小姐道：「妝還不好改得，且等會過了魏撰之著。」參將道：「正要對你說，魏撰之自京中回來，不知為何，只管叫人來打聽。說我有個女兒，他要求聘。我只說他曉得些風聲，是來說你了。及至問時，又說是同窗舍人許他的。因不知你的事，我不好回得，只是含糊說，等你回家。你而今要會他怎

註

※68則個：加強語氣的助詞。
※69推陞：官員未經滿考即行升補。陞，同「升」。
※70鄚州：古代地名，今河北省任丘市下轄的一縣。鄚，讀作「莫」。

眉批

◎9：此技又勝同窗者一籌。（即空觀主人）

的？」小姐道：「其中有許多委曲※71，一時說不及，父親日後自明。」

正說話間，魏撰之來相拜。原來魏撰之正為前日的姻事在心中放不下，故此就回。不想問著聞舍人又已往京，叫人探聽舍人有個姐姐的說話，一發言三語四不得明白。有的說：「參將只有兩個舍人，一大一小，並無女兒。」又有的說：「參將有個女兒，就是那個舍人。」弄得魏撰之滿肚疑心，胡猜亂想。見說聞舍人已回，所以亟亟來拜，要問明白。聞小姐照舊時家數接了進來，寒溫已畢。撰之急問道：「仁兄，令姊之說如何？小弟特為此給假趕回。」小姐道：「包管兄有一位好夫人便了。」撰之道：「小弟叫人宅上打聽，其言不一，何也？」小姐道：「兄不必疑。玉鬧妝已在一個人處，待小弟再略調停，準備迎娶便了。」撰之道：「依兄這等說，不像是令姐了。」小姐道：「杜子中盡知端的，兄去問他，就明白了。」撰之道：「兄何不就明說了？又要小弟去問他人。」小姐道：「中多委曲，小弟不好說得，非子中不能詳言。」說得魏撰之愈加疑心。

他正要去拜杜子中，就急忙起身，來到杜子中家裡。不及說別話，忙問聞俊卿所言之事。杜子中把京中同寓，識破了他是女身，已成夫婦的始末根繇※72，說了一遍。魏撰之驚得木呆道：「前日也有人如此說，我卻不信。誰曉得聞俊卿果是女身！這分明是我的姻緣，平白錯過了。」子中

明代烏龜玉飾。（圖片來源：Cleveland Museum of Art）

道：「怎見得是兄的？」撰之述當初拾箭時節，就把玉鬧妝為定的說話，子中道：「箭本小弟所拾，原係他向天暗卜的。只是小弟當時不知其故，不曾與兄取得此箭。今仍歸小弟，原是天意。兄前日只認是他令姐，原未嘗屬意他自身。這個不必追悔。兄只管鬧妝之約，不脫空罷了。」撰之道：「符已去矣！怎麼還說不脫空？難道真還有個阿姐？」子中又把聞小姐途中所遇景家之事，說了一遍，道：「其女才貌非常，那日一時難推，就把兄的鬧妝權定在彼，而今想起來，這其間就有個定數了。豈不是兄的姻緣麼？」撰之道：「怪不得聞俊卿道：『自己不好說』，原來有許多委曲。只是一件，雖是聞俊卿已定下在彼，他家又不曾曉得明白，小弟難以自媒，何由得成？」子中道：「小弟與聞氏雖已成夫婦，還未曾見過岳翁。打點就是今日迎娶，少不得還借重一個媒妁，而今就煩兄與小弟做一做。小弟成禮之後，代相恭敬，也只在小弟身上撮合就是了。」撰之大笑道：「當得，當得。只可笑小弟一向在睡夢中，又被兄占了頭籌。而今不使小弟脫空，也還算是好了。既是這等，小弟先到聞宅去道意，兄可隨後就來。」魏撰之易了冠帶，竟到聞家。此時，聞小姐已改了女妝，不來相接。止聞參將出迎，到堂中坐下。魏撰之述了杜子中之

註
※71委曲：曲折。
※72繇：讀作「游」。通「由」。

言。聞參將道：「小女嬌痴慕學，得承高賢不棄，今幸結此良緣。蒹葭倚玉※73，惶恐，惶恐。」聞參將已打點本日送女兒過門成親，諸色準備停當。門上報說：「杜爺來迎親了。」鼓樂喧天。杜子中烏紗帽大紅袍，四人轎抬至門首，下轎步入。真是少年郎君，人人稱羨。走到堂中，站了位次，拜見了聞參將。請出小姐來，又一同行禮。謝了魏撰之，啟轎而行。迎至家中，拜告天地，見了祠堂。杜子中與聞小姐正是新親舊朋友，喜喜歡歡，一樁事完了。只有魏撰之有些眼熱，心裡道：「一樣的同窗朋友，偏是他兩個成雙。平時杜子中分外相愛，常恨不將男作女，好做夫婦。誰知今日竟遂其志，也是一段奇話。只所許我的事，未知果是如何？」

次日，就到子中家裡賀喜，隨問其事。子中道：「昨晚弟婦就和小弟計較，今日專為此要同到成都去。弟婦誓欲以此報兄，全其口信。必得佳音，方來回報。」撰之道：「多感厚情。一樣的同窗，也該記念著我的冷靜。但未知其人果是如何？」子中走進去取出景小姐前日和韻之詩，與撰之看了。撰之道：「果得此女，小弟便可以不妒兄矣。」子中道：「弟婦贊之不容口，大略不負所舉。」撰之道：「這件

約1900年時的明信片，描繪清朝當時婚禮時的遊行景況。

事做成，真愈出愈奇了。小弟在家顒望※74。」俱大笑而別。

杜子中把這些說話，與聞小姐說了。聞小姐道：「他盼望久矣，也怪他不得。只索作急成都去，周全這事。」小姐仍舊帶了聞龍夫妻跟隨，同杜子中到成都來，認著前日飯店寓下了。杜子中叫聞龍拏了帖徑去拜富員外。◎10員外見說是新進士來拜，不知是甚麼緣故？喫了一驚，慌忙迎接進去，坐下問道：「不知為何大人貴足賜踹賤地？」子中道：「學生在此經過，聞知有位景小姐，是老丈令甥，才貌出眾。有一敝友，也叨過甲第了，欲求為夫人，故此特來奉訪。」員外道：「老漢有個甥女，他自要擇配，前日看上了一個進京的聞舍人，已納下聘物。大人見教遲了。」子中道：「那聞舍人也是敝友。學生已知他另有所就，不來娶令甥了，所以敢來作伐。」員外道：「聞舍人也是讀書君子。既已留下信物，兩心相許，怎誤得人家兒女？舍甥女也畢竟要等他的回信。」子中將出前日景小姐的詩箋來道：「老丈試看此紙，不是令甥寫與聞舍人的麼？因為聞舍人無意來娶了，故把與學生做執

註

※73蒹葭倚玉：典故出自南朝宋．劉義慶《世說新語．容止》。魏明帝命皇后的弟弟毛曾與夏侯元並席而坐，兩人品貌、地位非常不相稱，故當時人比喻爲蒹葭倚玉樹，即低賤的蘆葦依靠著高貴的玉樹。後用以比喻沾光之意。

※74顒望：翹首盼望。顒，讀作「ㄩㄥˊ」。

眉批

◎10：新進士可以止兒啼。（即空觀主人）

照，來為敝友求令甥。即此是聞舍人的回信了。」

　員外接過來看，認得是甥女之筆，沉吟道：「前日聞舍人也曾說道聘過了，不信其言，逼他應成的。原來當真有這話。老漢且與甥女商量一商量，來回覆大人。」員外別了進去了一會，出來道：「適間甥女見說，甚是不快。他也說得是。就是聞舍人果然負心，是必等他親身見一面，還了他玉鬧妝以為訣別，方可別議姻親。」子中笑道：「不敢欺老丈，那玉鬧妝，也即是敝友魏撰之的聘物，非是聞舍人的。聞舍人因為自己已有姻親，不好回得，乃為敝友轉定下了。是當日埋伏機關，非今日無因至前也。」員外道：「大人雖如此說，甥女豈肯心伏？必得聞舍人自來說明，方好處分。」子中道：「聞舍人不能復來，有拙荊在此，可以一會令甥。等他與令甥說這些備細，令甥必當見信。」員外道：「既尊夫人在此，正好與舍甥面會一會，有言可以盡吐，省得傳消遞息。」就叫前日老姥來接取杜夫人。

　老姥一見聞小姐，舉止形容，有些面善。只是改妝過了，一時想不出。一路想著，只管遲疑。接過間壁裡邊，景小姐出來相迎，各叫了萬福※75。聞小姐對景小姐笑道：「認得聞舍人否？」景小姐見模樣廝像，還只道或是舍人的姊妹，答道：「夫人與聞舍人何親？」聞小姐道：「小姐恁等識人，難道這樣眼鈍？前日到此，過蒙見愛的舍人，即妾身是也。」景小姐喫了一驚，仔細一認，果然一毫不差。連老姥也在旁拍手道：「是呀！是呀！我方纔道面龐熟得緊，那知就是前日的舍人。」景小姐道：「請問夫人前日為何這般打扮？」聞小姐道：「老父有難，進京辨冤，故喬妝作男，以便行路。所以前日過蒙見愛，再三不肯應承者，正為此也。後來見難推卻，又不敢實說真情，所以代友人納聘，以待後來說明。今納聘之人，已登黃甲，年紀也與小姐相當。故此愚夫婦特來奉求，與小姐了此一段姻親，報前日厚情耳。」

景小姐見說，半晌做聲不得。老姥在傍道：「多謝夫人美意。只是那位老爺姓甚名誰？夫人如何也叫他是友人？」聞小姐道：「幼年時節，曾共學堂，後來同在庠中。與我家相公，三人年貌多相似，是異姓骨肉。知他未有親事，所以前日就有心替他結下了。這人姓魏，好一表人物。就是我相公同年，也不辱沒了小姐。小姐一去，也就做夫人了。」

景小姐聽了這一篇說話，曉得是少年進士，有甚麼不喜歡？叫老姥陪住了聞小姐，背地去把這些說話，備細告訴員外。員外見說是個進士，豈有不攛掇之理？真個是一讓一個肯。回覆了聞小姐，轉說與杜子中。一言已定。富員外設起酒來謝謀。外邊款待杜子中，內裡景小姐作主，款待杜夫人。兩個小姐，說得甚是投

註

※75萬福：古代婦女行拜手禮時，多口稱萬福，後因沿稱行拜手禮爲萬福。

機，盡歡而散。約定了回來，先教魏撰之納幣，揀個吉日迎娶回家。花燭之夕見了模樣，如獲天人。因說起聞小姐鬧妝納聘之事。撰之道：「那聘物原是我的。」景小姐問：「如何卻在他手裡？」魏撰之又把先時竹箭題字，杜子中拾得，掉在他手裡，認做另有個姐姐，故把玉鬧妝為聘的根由，說了一遍。一齊笑道：「彼此夙緣，顛顛倒倒，皆非偶然也。」明日，魏撰之取出竹箭來與景小姐看。景小姐道：「如今只該還他了。」撰之就提筆寫一柬與子中夫妻道：

既歸玉環，返卿竹箭。兩段姻緣，各從其便。一笑一笑。

寫罷，將竹箭封了，一同送去。杜子中收了，與聞小姐拆開來看，方見八字之下，又有「蜚蛾記」三字。問道：「『蜚蛾』怎麼解？」聞小姐道：「此妾閨中之名也。」子中道：「魏撰之錯認了令姊，就是此二字了。若小生當時曾見此二字，這箭如何肯便與他？」聞小姐道：「他若沒有這箭起這些因頭，那裡又絆得景家這

外邊款待杜子中，內裡景小姐作主，款待杜夫人。兩個小姐，說得甚是投機，盡歡而散。（古版畫，選自《今古奇觀》明末吳郡寶翰樓刊本。）

頭親事來？」子中點頭道是。也戲題一柬答道：

環爲舊物，箭亦歸宗。兩俱錯認，各不落空。一笑一笑。

從此兩家往來，如同親兄弟姊妹一般。兩個甲科，合力與聞參將辯白前事。世間情面那有不讓縉紳※76的？逐件贓罪，得以開釋，只處得他革任回衛。聞參將也不以為意了。後邊杜、魏兩人，俱為顯官。聞、景二小姐，各生子女，又結了婚姻，世交不絕。這是蜀多才女，有如此奇奇怪怪的妙話。卓文君成都當壚※77，黃崇嘏相府掌記，卻又平平了。詩曰：

世上誇稱女丈夫，不聞巾幗竟爲儒。
朝廷若也開科取，未必無人待賈沽。

註

※76縉紳：讀作「進深」，指仕宦。古代官員將笏插入綁於腰間一端下垂的腰帶上，故稱。搢，插。紳，束在腰間的大帶。

※77當壚：賣酒。

第三十五卷　王嬌鸞百年長恨

天上烏飛兔走，人間古往今來。昔年歌管※1變荒臺。轉眼是非興敗。　須識鬧中取靜，莫因乖過成猷。不貪花酒不貪財。一世無災無害。

話說江西饒州府餘干縣長樂村，有一小民，叫做張乙。因販些雜貨到於縣中，夜深投宿城外一邸店。店房已滿，不能相容。間壁鎖下一空房，卻無人住。張乙道：「店主人何不開此房與我？」主人道：「此房中有鬼，不敢留客。」張乙道：

「便有鬼，我何懼哉！」主人只得開鎖，將燈一盞，掃帚一把，交與張乙。張乙進房把燈放穩，挑得亮亮的。房中有破牀一張，塵埃堆積，用掃帚掃淨，展上鋪蓋，討些酒飯喫了，推轉房門，脫衣而睡。夢見一美色婦人，衣服華麗，自來枕蓆。夢中納之。及至醒來，此婦宛在身邊。張乙問是何人。此婦道：「妾乃鄰家之婦，因夫君遠

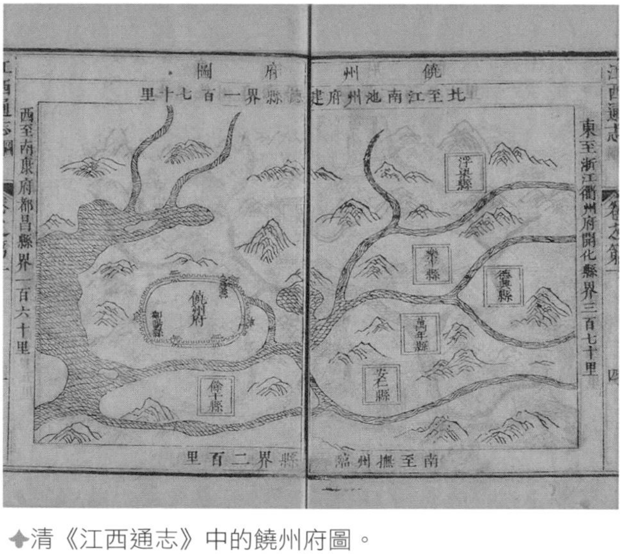

清《江西通志》中的饒州府圖。

出，不能獨宿，是以相就。勿多言，久當自知。」張亦不再問。天明，此婦辭去。至夜又來，歡好如初。如此三夜。店主人見張客無事，偶話及此房內，曾有婦人縊死，往往作怪；今番卻太平了。張乙聽在肚裡。

至夜，此婦仍來。張乙問道：「今日店主人說這房中有縊死女鬼，莫非是你？」此婦並無慚諱之意，答道：「妾身是也。然不禍於君，君幸勿懼。」張乙道：「試說其詳。」此婦道：「妾乃娼女，姓穆，行廿二，人稱我為廿二娘。與餘干客人楊川相厚。楊許娶妾歸去。妾將私財百金為助。一去三年不來，妾為鴇兒拘管，無計脫身，挹鬱※2不堪，遂自縊而死，鴇兒以所居售人，今為旅店。此房，昔日妾之房也，一靈不泯，猶依棲於此。楊川與你同鄉，可認得麼？」張乙道：「認得。」此婦道：「今其人安在？」張乙道：「去歲已移居饒州南門，娶妻開店，生意甚足。」婦人嗟歎良久，更無別語。

又過了二日，張乙要回家。婦人道：「妾願始終隨君，未識許否？」張乙道：「倘能相隨，有何不可。」婦人道：「君可制一小木牌，題曰『廿二娘神位』，置

註
※1歌管：唱歌奏樂。
※2挹鬱：憤懣怨恨。

於篋中。但出牌呼妾，妾便出來。」張亦許之。婦人道：「妾尚有白金五十兩，埋於此牀之下，沒人知覺。君可取用。」張掘地，果得白金一瓶，心中甚喜。過了一夜。次日，張乙寫了牌位，收藏好了，別店主而歸，到於家中，將此事告與渾家。渾家初時不喜，見了五十兩銀子，遂不嗔怪。張乙於東壁立了廿二娘神主。其妻戲往呼之，白日裡竟走出來，與妻施禮。◎1妻初時也驚訝，後遂慣了，不以為事。夜來張乙夫婦同床，此婦亦來就臥，也不覺床之狹窄。

過了十餘日，此婦道：「妾尚有夙債在於郡城，君能隨我去索取否？」張利其所有，一口應承，即時僱船而行，船中供下牌位。此婦同行同宿，全不避人。不則一日，到了饒州南門。此婦道：「妾往楊川家討債去。」張乙方欲問之，此婦倏已上岸。張隨後跟去，見此婦竟入一店中去了。問其店，正楊川家也。張久候不出，忽見楊舉家驚惶。少頃，哭聲振地。問其故，店中人云：「主人楊川，向來無病，忽然中惡※3，九竅流血而死。」張乙心知廿二娘所為，嘿然下船，向牌位苦叫，竟不見出來了。方知有夙債在郡城，乃楊川負義之債也。有詩歎云：

王魁負義曾遭譴※4，李益虧心亦改常※5。

明代有寶石裝飾的金罐。

請看楊川下梢事，皇天不佑薄情郎。

方纔說穆廿二娘事，雖則死後報冤，卻是鬼自出頭，還是渺茫之事。如今再說一件故事，叫做「王嬌鸞百年長恨」。這個冤更報得好。此事非唐非宋，出在國朝※6天順初年。廣西苗蠻作亂，各處調兵征勦。有臨安衛指揮王忠所領一支浙兵，違了限期，被參降調河南南陽衛中所※7千戶。即日引家小到任。王忠年六十餘，止一子王彪，頗稱驍勇。督撫※8留在軍前效用。倒有兩個女兒，長曰嬌鸞，次曰嬌鳳。鸞年十八，鳳年十六。鳳從幼育於外家，就與表兄對姻；只有嬌鸞未曾許配。

註

※3中惡：突然患病而死。

※4王魁負義曾遭譴：典故出自宋代戲曲《王魁負桂英》。王魁是一名讀書人，受到妓女焦桂英的幫助，得以赴京趕考。兩人亦結爲夫婦。後得王魁中狀元，便拋棄桂英，另娶權貴之女爲妻。桂英懸樑自盡，死後冤魂赴京尋王魁索命。

※5李益虧心亦改常：典故出自蔣防所著的唐傳奇小說《霍小玉傳》。敘述李益與名妓霍小玉相戀，後來李益爲了仕途，攀附名門，拋棄霍小玉。霍小玉鬱鬱寡歡而死，臨終之前詛咒李益與他的妻妾不得安寧。

※6國朝：本朝，指明朝。

※7中所：中千户所的簡稱。千户所是明代隸屬軍衛下的軍事組織，分爲前、後、中、左、右共五個。

※8督撫：總督與巡撫的統稱。總督是統轄幾個省份軍事政務的長官；巡撫是主管一省內政的長官。

眉批

◎1：白日能見形者，借男子之精氣也。（無礙居士）

夫人周氏原係繼妻。周氏有嫡姐嫁曹家，寡居而貧。夫人接他相伴甥女嬌鸞，舉家呼為曹姨。嬌鸞幼通書史，舉筆成文。因愛女慎於擇配，所以及笄※9未嫁。每每臨風感歎，對月淒涼。惟曹姨與鸞相厚，知其心事。此外，雖父母亦不知也。

一日，清明節屆，和曹姨及侍兒明霞後園打鞦韆耍子。正在鬧熱之際，忽見牆缺處有一美少年，紫衣唐巾，舒頭觀看，連聲喝采。慌得嬌鸞滿臉通紅，推著曹姨的背，急回香房。侍女也進去了。生見園中無人，踰牆而入，鞦韆架子尚在，餘香彷彿。正在凝思，忽見草中一物。拾起看時，乃三尺線繡香羅帕也。◎2生得此如獲珍寶。聞有人聲自內而來，復踰牆而出，仍立於牆缺邊。看時，乃是侍兒來尋香羅帕的。生見其三回五轉，意興已倦，微笑而言：「小娘子！羅帕已入人手，何處尋覓？」侍兒抬頭，見是秀才，便上前萬福道：「相公想已拾得，乞即見還，感德不盡。」那生道：「此羅帕是何人之物？」侍兒道：「是小姐的。」那生道：「既是小姐的東西，還得小姐來討，方纔還他。」侍兒道：「相公府居何處？」那生道：「小生姓周，名廷章，蘇州府吳江縣人。父親為本學司教※10。隨任在此，與尊府只一牆之隔。」原來衛署與學宮，基址相連。衛叫做東衙，學叫做西衙。花園之外，就是學中的隙地。侍兒道：「貴公子又是近

明代的軍隊兵卒形貌，圖為明代將領戚繼光的鴛鴦陣圖示。

鄰，失瞻了。妾當稟知小姐，奉命相求。」廷章道：「敢聞小姐及小娘子大名。」侍兒道：「小姐名嬌鸞，主人之愛女。妾乃貼身侍婢明霞也。」廷章道：「小生有小詩一章，相煩致於小姐，即以羅帕奉還。」明霞本不肯替他寄詩，因要羅帕入手，只得應允。廷章道：「煩小娘子少待。」廷章去不多時，攜詩而至。桃花箋疊成方勝※11。明霞接詩在手，問：「羅帕何在？」廷章笑道：「羅帕乃至寶，得之非易，豈可輕還？小娘子且將此詩送與小姐看了，待小姐回音，小生方可奉璧。」明霞沒奈何，只得轉身。

只因一幅香羅帕，惹起千秋〈長恨歌〉。

話說嬌鸞小姐自見了那美少年，雖則一時慚愧，卻也挑動個「情」字，口中不語，心下躊躇道：「好個俊俏郎君！若嫁得此人，也不枉聰明一世。」忽見明霞氣忿忿的入來。嬌鸞問：「香羅帕有了麼？」明霞口稱：「怪事！香羅帕卻被西衙

註

※9及笄：年滿十五歲，到了古代適婚的年齡。

※10司教：教授儒官學業的人。

※11方勝：古代民間傳寄情書的式樣，把方形信箋的兩個斜角摺成菱形，用以象徵同心。

眉批

◎2：此禍胎也。（無礙居士）

周公子收著。就是牆缺內喝彩的那紫衣郎君。」嬌鸞道：「與他討了就是。」明霞道：「怎麼不討？也得他肯還！」嬌鸞道：「他為何不還？」明霞道：「他說：小生姓周名廷章，蘇州吳江人氏，父為司教，隨任在此。與吾家只一牆之隔。既是小姐的香羅帕，必須小姐自討。」嬌鸞道：「你怎麼說？」明霞道：「我說待妾稟知小姐，奉命相求。他道有小詩一章，煩吾傳遞，待有回音，纔把羅帕還我。」明霞將桃花箋遞與小姐。嬌鸞見了這方勝，已有三分之喜。拆開看時，乃七言絕句一首：

帕出佳人分外香，天公教付有情郎。
殷勤寄取相思句，擬作紅絲入洞房。

嬌鸞若是個有主意的，拚得棄了這羅帕，把詩燒卻，分付侍兒下次再不許輕易傳遞，天大的事都完了。奈嬌鸞一來是及瓜※12不嫁、知情慕色的女子；二來滿肚才情，不肯埋沒，亦取薛濤箋答詩八句：

妾身一點玉無瑕，生自侯門將相家。

十九世紀的中國絲綢手帕。（圖片來源：Los Angeles County Museum of Art）

靜裡有親同對月，閒中無事獨看花。
碧梧只許來奇鳳，翠竹那容入老鴉？
寄語異鄉孤另客，莫將心事亂如麻。

明霞捧詩方到後園，廷章早在缺牆相候。明霞道：「小姐已有回詩了，可將羅帕還我。」廷章將詩讀了一遍，益慕嬌鸞之才，必欲得之，道：「小娘子耐心，小生又有所答。」再回書房，寫成一絕：

居傍侯門亦有緣，異鄉孤另果堪憐。
若容鸞鳳雙棲樹，一夜簫聲入九天。

明霞道：「羅帕又不還，只管寄什麼詩，我不寄了。」廷章袖中出金簪一根，道：「這微物奉小娘子，權表寸敬。多多致意小姐。」明霞貪了這金簪，又將詩回復嬌鸞。嬌鸞看罷，悶悶不悅。明霞道：「詩中有甚言語觸犯小姐？」嬌鸞道：

註

※12及瓜：瓜熟的時候。年滿十六歲，到了適婚年齡的女子。

「書生輕薄，都是調戲之言。」明霞道：「小姐大才，何不作一詩罵之，以絕其意。」嬌鸞道：「後生家性重，不必罵，且好言勸之可也。」◎3再取薛箋題詩八句：

獨立庭際傍翠陰，侍兒傳語意何深。
滿身竅玉偷香膽，一片撩雲撥雨心。
丹桂豈容稚子折，珠簾那許曉風侵？
勸君莫想陽臺※13夢，努力攻書入翰林。

自此一倡一和，漸漸情熟，往來不絕。明霞的足跡不斷後園，廷章的眼光不離牆缺。詩篇甚多，不暇細述。

時屆端陽。王千戶治酒，於園亭家宴。廷章於牆缺往來，明知小姐在於園中，無由一面，侍女明霞，亦不能通一語。正在氣悶，忽撞見衛卒孫九。那孫九善作木匠，長在衛裡服役，亦多在學中做工。廷章遂題詩一絕，封固了，將青蚨※14二百

明霞捧詩方到後園，廷章早在缺牆相候。（古版畫，選自《今古奇觀》明末吳郡寶翰樓刊本。）

賞孫九買酒喫，托他寄與衙中明霞姐。孫九受人之托，忠人之事，伺候到次早，纔覷個方便，寄得此詩於明霞。明霞遞於小姐。拆開看之，前有敘云：「端陽日，園中望嬌娘子不見，口占一絕奉寄」。

配成彩線思同結，傾就蒲觴擬共斟。
霧隔湘江歡不見，錦葵空有向陽心。

後寫：「松陵周廷章拜稿。」嬌娘看了，置於書几之上。適當梳頭，未及酬和。忽曹姨走進香房，看見了詩稿，大驚道：「嬌娘既有西廂之約，可無東道之主？此事如何瞞我？」嬌鸞含羞答道：「雖有吟詠往來，實無他事，非敢瞞姨娘也。」曹姨道：「周生江南秀士，門戶相當，何不教他遣媒說合，成就百年姻緣，豈不美乎？」嬌鸞點頭道是。梳妝已畢，遂答詩八句：

深鎖香閨十八年，不容風月透簾前。

註

※13陽臺：指男女交歡的場所。
※14青蚨：錢的代稱。一種昆蟲，傳說用母或子青蚨的血塗抹在錢幣之上，用了還會返回。

眉批

◎3：鸞心久已有生矣。（無礙居士）

繡衾香煖誰知苦？錦帳春寒只愛眠。
生怕杜鵑聲到耳，死愁蝴蝶夢來纏。
多情果有相憐意，好倩冰人片語傳。

廷章得詩，遂假托父親周司教之意，央趙學究往王千戶處求這頭親事。王千戶亦重周生才貌。但嬌鸞是愛女，況且精通文墨。自己年老，一應衛中文書筆札，都靠著女兒相幫，少他不得。不忍棄之於他鄉，以此遲疑未許。◎4廷章知姻事未諧，心中如刺，乃作書寄於小姐。前寫：

「松陵友弟廷章拜稿」。

自睹芳容，未寧狂魄。夫婦已是前生定，須死靡他；媒妁傳來今日言，為期未決。遙望香閨深鎖，如唐太宗離月宮而空想嫦娥；要從花圃戲遊，似牽牛郎隔天河而苦思織女。倘復遷延於月日，必當夭折於溝渠。生若無緣，死亦不瞑。勉成拙律，深冀哀憐。詩曰：

牛郎織女圖，選自月岡芳年繪《月百姿》。

未有佳期慰我情，可憐春價值千金。
悶來窗下三杯酒，愁向花前一曲琴。
人在瑣窗深處好，悶回羅帳靜中吟。
孤栖※15一樣昏黃月，肯許相攜訴寸心？

嬌鸞看罷，即時復書。前寫「虎衙愛女嬌鸞拜稿」。

輕荷點水，弱絮飛簾。拜月亭前，懶對東風聽杜宇※16；畫眉窗下，強消長晝刺鴛鴦。人正困於粧臺，詩忽墜於香案。啓觀來意，無限幽懷。自憐薄命佳人，惱殺多情才子。一番信到，一番使妾倍支吾※17；幾度詩來，幾度令人添寂寞。休得跳東牆學攀花之手，可以仰北斗駕折桂之心。眼底無媒，書中有女。自此衷情封去札，莫將消息問來人。謹和佳篇，仰祈深諒。詩曰：

秋月春花亦有情，也知身價重千金。

註

※15栖：同今棲字，是棲的異體字。
※16杜宇：杜鵑。
※17支吾：應付、對付。

眉批

◎4：為結末《長恨歌》張本。（無礙居士）

雖窺青瑣韓郎※18貌，羞聽東牆崔氏※19琴。
痴念已從空裡散，好詩惟向夢中吟。
此生但作乾兄妹，直待來生了寸心。

廷章閱書，贊歎不已。讀詩至末聯「此生但作乾兄妹」，忽然想起一計道：「當初張珙、申純※20，皆因兄妹得就私情。王夫人與我同姓，何不拜為之姑？便可通家往來，於中取事矣。」遂托言西衙窄狹，且是喧鬧，欲借衛署後園觀書。周司教自與王千戶開口。王翁道：「彼此通家，就在家下喫些見成茶飯，不煩饋送。」周翁感激不盡，回向兒子說了。廷章道：「雖承王翁盛意，非親非故，難以打攪。孩兒欲備一禮，拜認周夫人為姑。姑姪一家，庶乎有名。」周司教是糊塗之人，只要討些小便宜，道：「任從我兒行事。」廷章又央人通了王翁夫婦，擇個吉日，備下綵緞書儀，寫個表姪的名刺，上門認親，極其卑遜，極其親熱。王翁是個武人，只好奉承，遂請入中堂，教奶奶都相見了。連曹姨也認做姨娘，嬌鸞是表妹，一時都請見禮。王翁設宴後堂，權當會親，一家同席。廷章與嬌鸞暗暗歡喜，席上眉來眼去，自不必說。當日盡歡而散。

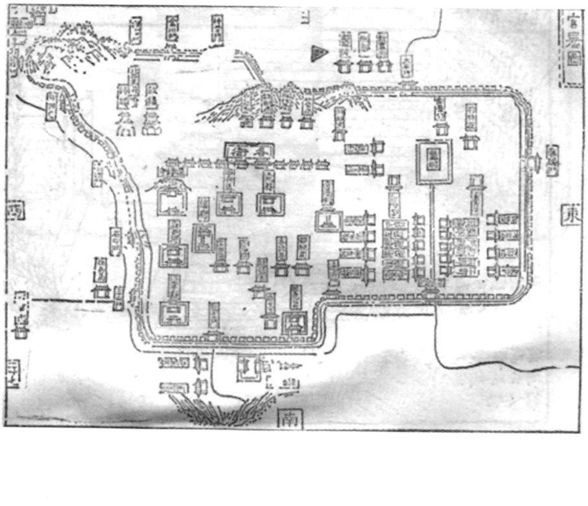

明代官署配置圖，圖片選自明《洪武京城圖志》。

姻緣好惡猶難問，蹤跡親疏已自分。

次日，王翁收拾書室，接內姪周廷章來讀書。卻也曉得隔絕內外，將內宅後門下鎖，不許婦女入於花園。廷章供給，自有外廂照管。雖然撇做一家，音書來往，反不便了。嬌鸞松筠之志※21雖存，風月之情已動，況既在席間眉來眼去，怎當得園上鳳隔鸞分？愁緒無聊，鬱成一病，朝涼暮熱，茶飯不沾。王翁迎醫問卜，全然不濟。廷章幾遍到中堂問病，王翁只教致意，不令進房。廷章心生一計，因假說：「長在江南，曾通醫理。表妹不知所患何症？待姪兒診脈便知。」王翁向夫人說了，又教明霞道達了小姐，方纔迎入。廷章坐於床邊，假以看脈為由，撫摩了半晌。◎5其時，王翁夫婦俱在，不好交言，只說得一聲：「保重。」出了房門，對

註

※18青瑣韓郎：典故出自《世說新語・惑溺》。晉代賈充的女兒，因傾慕父親屬下韓壽的容貌，常從窗格偷偷窺視。青瑣，裝飾富貴宅第門窗的青色連環花紋。

※19崔氏：指崔鶯鶯。唐傳奇，元稹所撰《鶯鶯傳》中的女主角，才貌雙絕。鶯鶯巧遇張珙，兩人傾慕相戀。

※20申純：明朝孟稱舜所撰《嬌紅記》中的男主角，描述王嬌娘和書生申純相戀，卻不被家中允許，無奈之下相約殉情的故事。

※21松筠之志：以松、竹耐寒不凋，比喻女子堅貞不移。

王翁道：「表妹之疾，是抑鬱所致，常須於寬敞之地，散步陶情。更使女伴勸慰，開其鬱抱，自當勿藥。」王翁敬信周生，更不疑惑，便道：「衙中只有園亭，並無別處寬敞。」廷章故意道：「若表妹不時要園亭散步，恐小姪在彼不便，暫請告歸。」王翁道：「既為兄妹，復何嫌阻？」即日教開了後門，將鎖鑰付曹姨收管，就教曹姨陪侍女兒，任情閒耍，明霞伏侍，寸步不離，自以為萬全之策矣！卻說嬌鸞原為思想周郎致病，得他撫摩一番，已自歡喜。又許散步園亭，陪伴伏侍者都是心腹之人，病便好了一半。每到園亭，廷章便得相見，同行同坐。有時亦到廷章書房喫茶，漸漸不避嫌疑，挨肩擦背。廷章捉個空，向小姐懇求要到香閨一望。嬌鸞目視曹姨，低低向生道：「鎖鑰在彼，兄自求之。」廷章已悟。

次日，廷章取吳綾二端、金釧一副，央明霞獻與曹姨。姨問鸞道：「周公子厚禮見惠，不知何事？」嬌鸞道：「年少狂生，不無過失，渠※22要姨包容耳。」曹姨道：「你二人心事，我已悉知，但有往來，決不泄漏。」因把匙鑰付與明霞。鸞心大喜，遂題一絕寄廷章云：

明朝金鳳凰髮夾。

暗將私語寄英才，倘向人前莫亂開；
今夜香閨春不鎖，月移花影玉人來。

廷章得詩，喜不自禁。是夜，黃昏已罷，譙鼓方聲，廷章悄步及於內宅。後門半啟，捱身而進。自那日房中看脈，出園回來，依稀記得路徑，緩緩而行。但見燈光外射，明霞候於門側。廷章步進香房，與鸞施禮，便欲摟抱。鸞將生擋開，喚明霞快請曹姨來同坐。廷章大失所望，自陳苦情，責其變卦。一時急淚欲流。鸞道：「妾本貞姬，君非蕩子。只因有才有貌，所以相愛相憐。妾既私君，終當守君之節；君若棄妾，豈不負妾之誠？必矢明神，誓同白首；若還苟合，有死不從。」說罷，曹姨已至，向廷章謝日間之惠。廷章遂央姨為媒，誓諧伉儷，口中咒願，如流而出。◎6曹姨道：「二位賢甥既要我為媒，可寫合同婚書四紙，將一紙焚於天地，以告鬼神；一紙留於吾手，以為媒證。你二人各執一紙，為他日合巹※23之驗。女若負男，疾雷震死；男若負女，亂箭亡身。再受陰府之愆，永墮酆都之獄。」生與鸞聽曹姨說得痛切，各各歡喜。遂依曹姨所說，寫成婚書誓約。先拜天地，後謝

註
※22渠：他，指第三人稱。
※23合巹：古時成親夫婦要對飲合巹酒，指成婚。巹，讀作「錦」。

眉批
◎5：生盡多賊智，亦乘王翁之愚耳。（無礙居士）
◎6：輕咒者必慢神。（無礙居士）

曹姨。姨乃出清果醇醪※24，與二人把盞稱賀。三人同坐飲酒。直至三鼓，曹姨別去。生與鸞攜手上床。五鼓，鸞促生起身，囑付道：「妾已委身於君，君休負恩於妾。神明在上，鑒察難逃。今後妾若有暇，自遣明霞奉迎，切莫輕行，以招物議。」廷章字字應承，留戀不捨。鸞急教明霞送出園門。是日，鸞寄生二律云：

昨夜同君喜事從，芙蓉帳煖語從容。
貼胸交股情偏好，撥雨撩雲興轉濃。
一枕鳳鸞聲細細，半窗花月影重重。
曉來窺視鴛鴦枕，無數飛紅撲繡絨。（其一）

衾翻紅浪效綢繆，乍抱郎腰分外羞。
月正圓時花正好，雲初散處雨初收。
一團恩愛從天降，萬種情懷得自由。
寄語今宵中夕夜，不須欹枕看牽牛。（其二）

廷章亦有酬答之句。自此，鸞疾盡愈，門鎖竟馳。或三日，或五日，鸞必遣明霞召生。來往既頻，恩情愈篤。

明代酆都判官像。

如此半年有餘，周司教任滿，升四川峨眉縣尹。廷章戀鸞之情，不肯同行，只推身子有病，怕蜀道艱難，況學業未成，師友相得，尚欲留此讀書。◎7周司教平昔縱子，言無不從。起身之日，廷章送父出城而返。鸞感廷章之留，是日邀之相會，愈加親愛。

如此又半年有餘，其中往來詩篇甚多，不能盡載。廷章一日閱邸報，見父親在峨眉不服水土，告病回鄉。久別親闈，欲謀歸覲，又牽鸞情愛，不忍分離，事在兩難，憂形於色。鸞探知其故，因置酒勸生道：「夫婦之愛，瀚海同深；父子之情，高天難比。若戀私情而忘公義，不惟有失子道，累妾亦失婦道矣。」曹姨亦勸道：「今日暮夜之期，原非百年之算。公子不如暫回故鄉，且覲雙親。倘於定省之間，即議婚姻之事，早完誓願，免致情牽。」廷章心猶不決。嬌鸞教曹姨竟將公子欲歸之情對王翁說了。◎8此日，正是端陽。王翁治酒與廷章送行，且致厚贐※25。廷章義不容己，只得收拾行李。是夜，鸞另置酒香閨，邀廷章重伸前誓，再訂婚期。曹姨亦在坐。千言萬語，一夜不睡。臨別，又問廷章住居之處。廷章道：「問做甚麼？」鸞道：「恐君不來，妾便於通信耳。」廷章索筆寫出四句：

註

※24醇醪：美酒。醪，讀作「勞」。濁酒。
※25贐：送行贈別的財物。

眉批

◎7：未能爲子，豈能爲夫。（無礙居士）
◎8：嬌鸞志氣不減齊姜，惜周公子非晉公子也。（無礙居士）

思親千里返姑蘇，家住吳江十七都。
須問南麻雙漾口，延陵橋下督糧吳。

廷章又解說：「家本吳姓，祖當里長督糧，有名督糧吳家，周是外姓也。此字雖然寫下，欲見之切，度日如歲。多則一年，少則半載，定當持家君柬貼，親到求婚，決不忍閨閣佳人，懸懸而望。」言罷，相抱而泣。將次天明，鸞親送生出園，有聯句一律：

綢繆※26魚水正投機，無奈思親使別離。（廷章）
花圃從今誰待月？蘭房自此懶圍棋。（嬌鸞）
惟憂身遠心俱遠，非慮文齊福不齊※27。（廷章）
低首不言終自省，強將別淚整蛾眉。（嬌鸞）

須臾天曉，鞍馬齊備。王翁又於中堂設酒，妻女畢集，為上馬之餞。廷章再拜

江戶時代日本畫家與謝蕪村所繪的《蜀棧道圖》，從畫中可見行走蜀道之艱險。

而別。鸞自覺悲傷欲泣，潛歸內室，取烏絲箋題詩一律，使明霞送廷章上馬，伺便投之。章於馬上展看云：

同攜素手並香肩，送別那堪雙淚懸。
郎馬未離青柳下，妾心先在白雲邊。
妾持節操如姜女※28，君重綱常類閔騫※29。
得意匆匆便回首，香閨人瘦不禁眠。

廷章讀之淚下，一路上觸景興懷，未嘗頃刻忘鸞也。閒話休敘。不一日，到了吳江家中，參見了二親，一門歡喜。原來父親已與同里魏同知家議親，正要接兒子回來行聘完婚。生初時有不願之意，後訪得魏女美色無雙，且魏同知十萬之富，粧奩甚豐。慕財貪色，遂忘前盟。過了半年，魏氏過門，夫妻恩愛，如魚似水，竟不知王嬌鸞為何人矣！

註

※26 綢繆：親密、纏綿。
※27 文齊福不齊：雖有文才，卻沒有金榜題名的運氣。
※28 姜女：此指春秋時期的孟姜女，婦人守節從姜女始。
※29 閔騫：姓閔，名損，字子騫。春秋時期魯國人，孔子弟子，以孝道德行著稱。

但知今日新粧好，不顧情人望眼穿。

卻說嬌鸞一時勸廷章歸省，是他賢慧達理之處。然已去之後，未免懷思。白日淒涼，黃昏寂寞。燈前有影相親，帳底無人共語。每遇春花秋月，不覺夢斷魂勞。捱過一年，杳無音信。忽一日，明霞來報道：「姐姐可要寄書與周大姐夫麼？」

嬌鸞道：「那得有這方便？」明霞道：「適纔孫九說：臨安衛有人來此下公文。臨安是杭州地方，路從吳江經過，是個便道。」嬌鸞道：「既有便，可教孫九囑付那差人不要去了。」即時修書一封，曲敘別離之意，囑他早至南陽，同歸故里，踐婚姻之約，成終始之交。書多不載。書後有詩十首，錄其一云：

端陽一別杳無音，兩地相看對月明。
誓爲椿萱※30辭虎衛※31，莫因花酒戀吳城。
遊仙閣內占離合，拜月亭前問死生。
此去願君心自省，同來與妾共調羹。

孟姜女哭長城圖。

封皮上又題八句：

此書煩遞至吳衙，門面春風足可誇。
父列當今宣化職，祖居自古督糧家。
已知東宅鄰西宅，猶恐南麻混北麻。
去路逢人須借問，延陵橋在那村些？

又取銀釵二股，為寄書之贈。書去了七個月，並無回耗※32。時值新春，又訪得前衛有個張客人要往蘇州收貨。嬌鸞又取金花一對，央孫九送與張客，求他寄書。書意同前，亦有詩十首，錄其一云：

春到人間萬物鮮，香閨無奈別魂牽。

註

※30椿萱：香椿與萱草。比喻父母親。
※31虎衛：負責守衛國家的將士。王嬌鸞的父親是王千户，以此比喻自身。
※32回耗：回音。耗，訊息。

東風浪蕩君尤蕩，皓月團圓妾未圓。
情洽有心勞白髮，天高無計托青鸞※33。
衷腸萬事憑誰訴？寄與才郎仔細看。

封皮上題一絕：

蘇州咫尺是吳江，吳姓南廊世督糧。
囑咐行人須著意，好將消息問才郎。

張客人是志誠之士，往蘇州收貨已畢，齎書親到吳江。正在長橋上問路，恰好周廷章過去。聽得是河南聲音，問的又是南廊督糧吳家，情知嬌鸞書信，怕他到彼，知其再娶之事。遂上前作揖通名，邀往酒館三杯。拆開書看了。就於酒家借紙筆，匆匆寫下回書，推說父病未痊，方待醫藥，所以有誤佳期；不久即圖會面，無勞注想。書後又寫：「路次借筆不備，希諒。」張客收了回書，不一日，回到南陽，付孫九回復鸞小姐。鸞拆書看了，雖然不曾定個來期，也當畫餅充饑、望梅止渴。過了三四個月，依

明代磁酒罐。（圖片來源：Walters Art Museum）

舊杳然無聞。嬌鸞對曹姨道：「周郎之言欺我耳！」曹姨道：「誓書在此，皇天鑒知。周郎獨不怕死乎？」忽一日，聞得臨安人到，乃是嬌鸞妹子嬌鳳生了孩兒，遣人來報喜。嬌鸞彼此相形，愈加感歎。且喜又是寄書的一個順便。再修書一封托他。這是第三封書，亦有詩十首，末一章云：

叮嚀才子莫蹉跎，百歲夫妻能幾何？
王氏女爲周氏室，文官子配武官娥。
三封心事憑青鳥，萬斛閒愁鎖翠蛾。
遠路尺書情未盡，相思兩處恨偏多！

封皮上亦寫四句：

此書煩遞至吳江，糧督南廊姓字香。
去路不須馳步問，延陵橋下誓停航。

註
※33青鸞：能傳遞信件的鳥。

鸞自此寢廢餐忘，香消玉減，暗地淚流，懨懨成病。父母欲為擇配，嬌鸞不肯，情願長齋奉佛。曹姨勸道：「周郎未必來矣。毋拘小信，自誤青春。」嬌鸞道：「人而無信，是禽獸也。寧周郎負我；我豈敢負神明哉？」

光陰荏苒，不覺已及三年。嬌鸞對曹姨說道：「聞說周郎已婚他族，此信未知真假？然三年不來，其心腸亦改變矣！但不得一實信，吾心終不死。」曹姨道：「何不央孫九親往吳江一遭，多與他些盤費。若周郎無他更變，使他等候同來，豈不美乎？」嬌鸞道：「正合吾意。亦求姨娘一字，促他早早登程可也。」當下嬌鸞寫就古風一首，其略云：

憶昔清明佳節時，與君邂逅成相知。嘲風弄月通來往，撥動風情無限思。侯門曳斷千金索，攜手挨肩遊畫閣。好把青絲結死生，盟山誓海情不薄。白雲渺渺草青青，才子思親欲別情。頓覺桃臉無春色，愁聽傳書雁幾聲。君行雖不排鸞馭※34，勝似征蠻父兄去。悲悲切切斷腸聲，執手牽衣理前誓。與君成就鸞鳳友，切莫蘇城戀花柳。自君之去妾攢眉，脂粉慵調髮如帚。姻緣兩地相思重，雪月風花誰與共？可憐夫婦正當年，空使梅花蝴蝶夢。臨風對月無歡好，淒涼枕上魂顛倒。一宵忽夢

明朝婦女髮釵

汝娶親，來朝不覺愁顏老。盟言願作神雷電，九天玄女※35相傳遍。只歸故里未歸泉※36，何故音容難得見？才郎意假妾意眞，再馳驛使陳丹心。可憐三七羞花貌，寂寞香閨思不禁。

曹姨書中，亦備說女甥相思之苦，相望之切。二書共作一封。封皮亦題四句：

蕩蕩名門宰相衙，更兼糧督鎮南厤。
逢人不用停舟問，橋跨延陵第一家。

孫九領書，夜宿曉行，直至吳江延陵橋下，恐猶傳遞不的※37，直候周廷章面送。廷章一見孫九，滿臉通紅，不問寒溫，取書藏於袖中竟進去了。少頃，教家童出來回復道：「相公娶魏同知家小姐，今已二年。南陽路遠，不能復來矣。回書難寫，仗你代言。這幅香羅帕乃初會鸞姐之物，並合同婚書一紙，央你送還，以絕

註
※34鸞馭：駕御鸞鳥飛升。形容進入仙境。
※35九天玄女：傳說中指點迷津的女神。
※36泉：指黃泉或者酒泉。死亡的代稱。
※37不的：不實在。的，讀作「迪」。

其念。本欲留你一飯，誠恐老爹盤問嗔怪。白銀五錢，權充路費，下次更不勞往返。」孫九聞言大怒！擲銀於地不受，走出大門罵道：「似你短行薄情之人，禽獸不如！可憐負了鸞小姐一片真心，皇天斷然不佑你！」說罷，大哭而去。◎9路人爭問其故，孫老兒數一數二的逢人告訴。自此周廷章無行之名，播於吳江，為衣冠所不齒。正是：

平生不作虧心事，世上應無切齒人。

再說孫九回至南陽，見了明霞，便悲泣不已。明霞道：「莫非你路上喫了苦？莫非周家郎君死了？」孫九只是搖頭。停了半晌，方說備細，如此如此：「他不發回書，只將羅帕婚書送還，以絕小姐之念。我也不去見小姐了。」說罷，拭淚歎息而去。明霞不敢隱瞞，備述孫九之語。嬌鸞見了這羅帕，已知孫九不是個謊話，不覺怨氣填胸，怒色盈面，就請曹姨至香房中，告訴了一遍。曹姨將言勸解。嬌鸞如何肯聽？整整的哭了三日三夜，將三尺香羅帕反覆觀看，欲尋自盡。又想道：「我嬌鸞名門愛女，美貌多才。若嘿嘿而死，卻便宜了薄情之

明朝銀票圖樣。

人。」乃制〈絕命詩〉三十二首及〈長恨歌〉一篇，詩云：

倚門默默思重重，自歎雙雙一笑中。
情惹遊絲牽嫩綠，恨隨流水縮殘紅。
當時只道春回准，今日方知色是空。
回首憑欄情切處，閒愁萬里怨東風。

餘詩不載。其〈長恨歌〉略云：

長恨歌，爲誰作？題起頭來心便惡。朝思暮想無了期，再把鸞箋訴情薄。妾家原在臨安路，麟閣功勛受恩露。後因親老失軍機，降調南陽衛千户。深閨養育嬌鸞身，不曾舉步離中庭。豈知二九※38災星到，忽隨女伴粧臺行。鞦韆戲蹴方纔罷，忽驚牆角生人話。含羞歸去香房中，倉忙尋覓香羅帕。羅帕誰知入君手，空令梅香※39往來走。得蒙君贈香羅詩，惱妾相思淹病久。感君拜母結妹兄，來詞去簡饒恩情。

註

※38 二九：十八歲。

※39 梅香：婢女的代稱，戲曲中婢女多用此名。

眉批

◎9：絕似南霽雲乞救不得，哭回睢陽光景。（無礙居士）

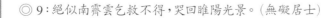

只恐恩情成苟合，兩曾結髮同山盟。山盟海誓還不信，又托曹姨作媒證。婚書寫定燒蒼穹，始結於飛在天命。情交二載甜如蜜，才子思親忽成疾。妾心不忍君心愁，反勸才郎歸故籍。叮嚀此去姑蘇城，花街莫聽陽春聲。一睹慈顏便回首，香閨可念人孤另。囑付殷勤別才子，棄舊憐新任從爾。那知一去意忘還，終日思君不如死！有人來說君重婚，幾番欲信仍難憑。後因孫九去復返，方知伉儷諧文君※40。此情恨殺薄情者，千里姻緣難割捨。到手恩情都負之，得意風流在何也？莫論妾愁長與短，無處箱囊詩不滿。題殘錦札五千張，寫禿毛錐三百管。玉閨人瘦嬌無力，佳期反作長相憶。枉將八字推子平※41，空把三生卜《周易》。從頭一一思量起，往日交情不虧汝。既然恩愛如浮雲，何不當初莫相與？鶯鶯燕燕皆成對，何獨天生我無配？嬌鳳妹子少二年，適添孩兒已三歲。自慚輕棄千金軀，伊歡我獨心孤悲。先年誓願今何在？舉頭三尺有神祇。君往江南妾江北，千里關山遠相隔。若能兩翅忽然生，飛向吳江近君側。初交你我天地知，今來無數人揚非。虎門深鎖千金色，天教一笑遭君機※42。恨君短行歸陰府，譬似皇天不生我。從今書遞故人收，不望回音到中所。可憐鐵甲將軍家，玉閨養女嬌如花。只因頗識琴書味，風流不久歸黃沙。白羅丈二懸高梁，飄然眼底魂茫茫。報道一聲嬌鸞縊，滿城笑殺臨安王。妾身自愧非良女，擅把閨情賤輕許。相思債滿還九泉，九泉之下不饒汝。當初寵妾非如今，我今怨汝如海深。自知妾意皆仁意，誰想君心似獸心？再將一幅羅鮫綃※43，殷勤遠寄郎家遙。自歎興亡皆此物，殺人可恕情難饒。反覆叮嚀只如此，往日閒愁今日止。君今肯念舊風流，飽看嬌鸞書一紙。

書已寫就，欲再遣孫九。孫九咬牙怒目，決不肯去。正無其便，偶值父親痰火病發，喚嬌鸞替他檢閱文書。嬌鸞看文書裡面，有一宗乃勾本衛逃軍者，其軍乃吳江縣人。鸞心生一計，乃取從前倡和之詞，並今日〈絕命詩〉及〈長恨歌〉彙成一帙※44，合同婚書二紙，置於帙內，總作一封，入於官文書內。封筒上填寫「南陽衛掌印千戶王，投下直隸蘇州府吳江縣當堂開拆」，◎10打發公差去了。王翁全然不知。

是晚，嬌鸞沐浴更衣，哄明霞出去烹茶。關了房門，用杌子※45填足。先將白練掛於樑上，取原日香羅帕向咽喉扣住，接連白練，打個死結，蹬開杌子，兩腳懸

註

※40文君：即卓文君。
※41子平：指宋朝徐居易，字子平。他精通星象、占卜。後人以「子平」爲算命術的代稱。
※42機：詐騙、謀害。
※43鮫綃：絲製手帕、手絹。
※44帙：讀作「至」。此指用布帛製成書信的封套。
※45杌子：方形而沒有椅背的椅子。

眉批

◎10：亦由不忍沒其才情，非但欲章廷章之心也。(無礙居士)

空。煞時間，三魂縹渺，七魄幽沉，剛年二十一歲。

始終一幅香羅帕，成也蕭何敗也何。

明霞取茶來時，見房門閉緊，敲打不開，慌忙報與曹姨。曹姨同周老夫人打開房門看了，這驚非小！王翁聞得也到。合家大哭，竟不知什麼意故？少不得買棺殮葬。此事擱過休題。

再說吳江闕大尹接得南陽衛文書，拆開看時，深以為奇。此事曠古未聞。適然本府趙推官※46隨察院樊公祉按※47臨本縣。闕大尹與趙推官是金榜同年，因將此事與趙推官言及。趙推官取而觀之，遂以奇聞報知樊公。樊公將詩歌及婚書反覆詳味，深惜嬌鸞之才，而恨周廷章之薄倖。乃命趙推官密訪其人。次日擒拿解院，樊公親自詰問。廷章初時抵賴，後見婚書有據，不敢開口。樊公喝教重責五十收監，行文到南陽衛查嬌鸞曾否自縊？不一日，文書轉來，說嬌鸞已死。樊公

嬌鸞沐浴更衣，哄明霞出去烹茶。關了房門，用杌子填足。先將白練掛於樑上。（古版畫，選自《今古奇觀》明末吳郡寶翰樓刊本。）

乃於監中弔取周廷章到察院堂上。樊公罵道：「調戲職官家女子，一罪也；停妻再娶，二罪也；因奸致死，三罪也。婚書上說：『男若負女，萬箭亡身。』我今沒有箭射你，用亂棒打死，以為薄倖男子之戒！」喝教合堂皂快齊舉竹批亂打，下手時宮商齊響，著體處血肉交飛。頃刻之間，化為肉醬。滿城人無不稱快。周司教聞知，登時氣死。魏女後來改嫁。向貪新娶之財色而沒恩背盟，果何益哉？有詩歎云：

一夜恩情百夜多，負心端的欲如何？
若云薄倖無冤報，請讀當年〈長恨歌〉。

註
※46推官：協助知府大人的官吏，職掌獄訟。亦稱「司理」。
※47按：往來視察。

第三十六卷　十三郎五歲朝天

瑞煙浮禁苑※1。正絳闕※2春回，新正※3方半。冰輪※4掛華滿。溢花衢※5歌市，芙蓉※6開遍。龍樓※7兩觀，見銀燭星毬有爛。捲珠簾、盡日笙歌，盛集寶釵金釧。　堪羨，綺羅叢裡，蘭麝香中，正宜遊翫。風柔夜煖。花影亂，笑聲喧。鬧蛾兒※8滿路，成團打塊，簇著冠兒鬥轉。喜皇都，舊日風光，太平再見。

這一闋詞，名曰〈瑞鶴仙〉，乃是宋紹興年間詞人康伯可※9所作。這伯可是個有名會做樂府的才子。家本北地，因金虜之亂，隨駕南渡。秦申王※10薦於高宗皇帝，深得寵眷。這詞單道著上元佳景。高宗極其稱賞，御賜金帛甚多。詞中為何說：「舊日風光，太平再見」？蓋因靖康之亂，徽、欽被虜，中原盡屬金夷；康王僥倖南渡，即了帝位，偏安一隅，偷閒取樂，還要模擬盛時光景，故詞人歌詠如此。也是

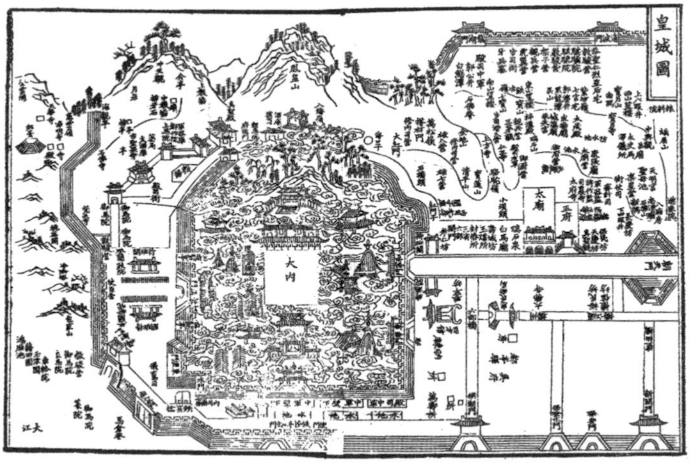

南宋皇宮地圖。

自解自樂而已，怎如得當初？柳耆卿※11的〈傾盃樂〉詞道得好，詞云：

禁漏花深※12，繡工日永※13，薰風布暖。變韶景都門十二※14，元宵三五※15，銀蟾※16光滿。凌飛觀，聳皇居麗，佳氣瑞煙蔥蒨※17。翠華宵幸，是處層城閬苑※18。

註

※1瑞煙浮禁苑：瑞煙，祥瑞的煙氣。禁苑，皇宮。
※2絳闕：宮殿門闕。
※3新正：農曆一月。
※4冰輪：代稱明朗的月亮。
※5花衢：花街，即妓院聚集的街道。衢讀作「渠」，通達四方的大路。
※6芙蓉：此處指花燈。
※7龍樓：皇帝的宮殿。
※8鬧蛾兒：古代婦女戴在頭上的飾物，以絲綢或烏金紙，剪成花草蟲的形狀戴在頭上。
※9康伯可：名與之，號順安，河南洛陽人。北宋滅亡後，逃到南宋的宮廷詞人。
※10秦申王：即秦檜，字會之，宋江寧人。高宗時宰相，陷害岳飛等忠臣良將，死後封申王。
※11柳耆卿：即柳永，字耆卿。福建崇安人。宋代著名詞人。官至屯田員外郎。他的詞多爲歌詠太平盛世之作。通曉音律，促進長調慢詞的發展。
※12禁漏花深：禁漏，皇宮的計時器。花深，花草長高了。
※13繡工日永：太陽就像是繡工一樣，每天都爲大地刺繡。
※14都門十二：十二座城門，指整個國都宮城。
※15三五：農曆一月十五日。
※16銀蟾：月亮的另一種稱呼。
※17蔥蒨：形容草木青翠，繁盛茂密的樣子。
※18閬苑：閬，讀作「郎」。神仙的居所。

龍鳳燭、交光星漢，對咫尺鰲山[19]開雉扇。會樂府兩籍神仙[20]，梨園四部絃管。向曉色、都人未散。盈萬井、山呼鼇抃[21]。願歲歲、天仗裡瞻鳳輦。

這詞多說著盛時宮禁說話。只因宋時極作興是個元宵，大張燈火，御駕親臨，君民同樂，所以說道：「金吾不禁[22]夜，玉漏[23]莫相催。」然因是傾城士女，通宵出遊，沒些禁忌。其間就有私期密約，鼠竊狗盜，弄出許多話柄來。當時李漢老[24]有一首〈女冠子〉詞更道得好。詞云：

帝城三五，燈光花市盈路。天街游處。此時方信，鳳闕[25]都民，奢華豪富。紗籠纔過處，喝道轉身，一壁小來且住。見許多、才子豔質，攜手並肩低語。 東來西往誰家女，買玉梅爭戴，緩步香風度。北觀南顧。見畫燭影裡，神仙無數。引人魂似醉，不如趁早，步月歸去。這一雙情眼，怎生禁得，許多胡覷？

細看此詞，可見元宵之夜，趁著喧鬧叢中，幹那不三不

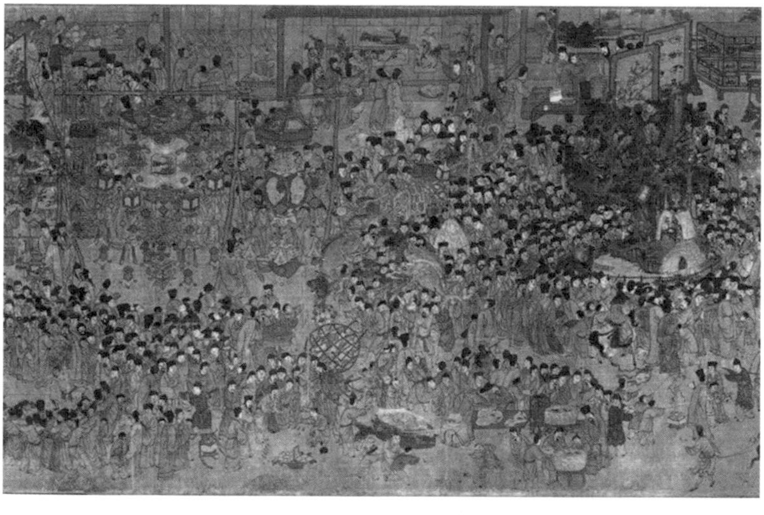

明《上元燈彩圖》

四勾當的，不一而足。不消說起。而今聽在下說一件元宵的事體，更是奇異。這件事，直教：

鬧動公侯府，分開帝主顏。
猾徒入地去，稚子見天還。

話說宋神宗朝，有個大臣王襄敏公，單諱著一個韶字，全家住在京師。真是潭潭※26相府，富麗奢華，自不必說。那年正月十五元宵佳節，其時王安石未用，新法未行，四境無侵，萬民樂業，◎1正是太平時候。家家戶戶，點放花燈。自從十三日為始，十街九市，歡呼達旦。這夜十五日，是正夜。年年規矩：官家親自出來，

註

※19鰲山：元宵節時，將花燈疊成鰲的形狀，且高如山，稱爲「鰲山」。

※20兩籍神仙：指坐部伎與立部伎。坐部伎，唐代小型宮廷樂舞。立部伎，唐代大型宮廷樂舞，多在庭院、廣場表演。

※21鼉抃：鼓舞歡騰。抃，讀作「變」。拍手

※22金吾不禁：古代元宵節夜晚，敕令准許金吾衛取消夜禁。

※23玉漏：古代用壺裝滿水，下鑿小孔，讓水滴下，用來計算時間。

※24李漢老：原名李邴，字漢老，號龍龕居士。濟州任城（今山東濟寧）人。

※25鳳闕：皇宮。

※26潭潭：形容居所寬廣的樣子。

眉批

◎1：著眼。可見王安石用後便不太平了。（即空觀主人）

賞玩通宵。傾城士女，專待天顏一看。且是此日，難得一輪明月當空，照耀如同白晝，映著各色奇巧花燈，從來叫做燈月交輝，極為美景。襄敏公家內眷，自夫人以下，老老幼幼，沒一個不打扮齊整了。衹候人擡著帷幕，出來街上看燈遊耍。看官，你道如何用著帷幕？那官宦人家女眷，恐防街市人挨挨擦擦，不成體面，所以或用絹緞或用布疋等類，扯作長圈圍裹，隔著外人。晉時喚做步障，故有紫絲布步障、錦布障之稱，這是大人家規範如此。

閒話且過。卻說襄敏公有個小衙內※27，排行第十三，是個末堂※28幼子，小名叫做南陔。年方五歲，聰明乖覺，容貌不凡。襄敏公夫婦珍愛，自不必說。只這合家內外大小，也沒一個不喜歡他的。其時，小衙內也到街上看燈。大家穿著齊整，還是等閒，只頭上一頂帽兒，多是黃豆大不打眼的洋珠穿成雙鳳穿牡丹花樣；當面前一粒貓兒眼寶石，睛光閃爍；四圍又是五色寶石攢簇，乃是鴉青祖母綠之類。這頂帽也不知值多少錢鈔。襄敏公分付一個家人王吉，馱在背上，

難得一輪明月當空，照耀如同白晝，映著各色奇巧花燈，從來叫做燈月交輝，極為美景。（古版畫，選自《今古奇觀》明末吳郡寶翰樓刊本。）

隨著內眷一起看燈。

那王吉是個曉得規矩的人，自道身是男人，不敢在帷中行走，只相傍帷外而行。行到宣德門前，恰好神宗皇帝正御宣德門樓。聖旨許令萬目仰觀，金吾衛不得攔阻。樓上設著鰲山，燈光燦爛，香煙馥郁，奏動御樂，簫鼓喧闐。樓下施呈百戲※29，供奉御覽。看的真是人山人海，擠得縫地都沒有了。有翰林承旨王禹玉《上元應制詩》為證：

雪消華月滿仙臺，萬燭當樓寶扇開。
雙鳳雲中扶輦下，六鰲海上駕山來。
鎬京※30春酒沾周宴，汾水秋見陋漢才。
一曲昇平人盡樂，君王又進紫霞盃。

此時王吉擁在人叢之中，因為肩上負了小衙內，許多不便，只好掂著腳，伸著

註

※27衙內：對官家子弟的稱呼。
※28末堂：兒女輩中最晚出生的。
※29百戲：各種雜耍表演的總稱。
※30鎬京：古代地名。位於今陝西省長安縣西南，灃河東岸。

頸，仰著臉，睜著眼，向上觀望。漸漸的擠得腿也酸了，腰也軟了，肩也攤了，汗也透了，氣也喘了。正沒奈何，忽覺得身上輕鬆了些，好不快活。把腰兒伸一伸，腳兒展一展，自由自在的呆呆裡看夠，趁心滿意。猛然想起道：「小衙內呢？」一急把手摸時，已不在背上了，也不知幾時去的？四下一望，多是面生之人，哪裡見小衙內的影兒？急得腸子做了千百段。欲要找尋，又被擠住了腳，行走不得。心中撩亂，只得儘氣力將身子挨出，挨得骨軟筋麻，纔到得稀鬆之處。遇見府中一夥人，問道：「你們見小衙內麼？」府中人道：「小衙內是你負著，怎倒來問我們？」王吉道：「正在鬧嚷之際，不知那個伸手，來我背上接了去？想必是府中弟兄們，見我費力，替我抱了，放鬆我些也不見得。我一時貪個鬆快，人鬧裡不看得仔細。及至尋時，已不見了。你們難道不曾撞見？」府中人見說，大家慌張起來，道：「你好作怪！這是作耍的事？如此不小心！你在人千人萬處失去了，卻在此問張問李，豈不誤事？◎2還是分頭再到鬧頭裡尋去。」

一夥十來個人，同了王吉，挨入挨出，高呼大叫。怎當得人多得聲鬧，茫茫裡向那個去問？落得眼睛也看花了，喉嚨也叫啞

清代的元宵節場景。

了，並無一些影響。尋了一回，走將攏來，我問你，你問我，多一般不見，慌做了一團。有的道：「或者那個抱了家去了。」有的道：「你我都在，又是那一個抱去？」王吉道：「且到家問問看再處。」一個老家人道：「決不在家裡。頭上東西耀人眼目，被歹人連人盜拐去了。我們且不要驚動夫人，先到家稟知了相公，差人及早緝捕為是。」

王吉見說要稟知相公，先自軟了一半。道：「如何回得相公的話？且從容計較打聽，不要性急便好。」府中人多是著了忙的，那繇得王吉主張，一齊奔了家來，私下問問，那得個小衙內在裡頭？只得來見襄敏公，卻也囁嚅囁嚅※31，未敢一直說失去小衙內的事。襄敏公見眾人倉皇之狀，倒問道：「你等去未多時，如何一齊跑了回來？且多有些慌張失智光景，必有緣故。」眾家人纔把王吉在人叢中失去小衙內之事，說了一遍。王吉跪下，只是叩頭請死。襄敏公毫不在意，笑道：「去了自然回來，何必如此著急。」眾家人道：「此必是歹人拐了去。怎能夠回來？相公還是著落※32開封府及早追捕，方得無失。」襄敏公搖頭道：「也不必。」眾人道是一番天樣大火樣急的事，怎知襄敏公看得平常，聲色不動，化做一杯雪水。

註
※31囁嚅囁嚅：講話不直接說明，欲言又止的樣子。
※32著落：發派。

眉批
◎2：小人誤事每如此。（即空觀主人）

眾人不解其意，只得到帷中稟知夫人。夫人驚慌，急忙回府，噙著一把眼淚來與相公商量。襄敏公道：「若是別個兒子失去，便當急急尋訪；今是吾十三郎，必然自會歸來，◎3不必憂慮。」夫人道：「此子雖然伶俐，點點年紀，奢遮煞※33也只是四五歲的孩子。萬眾之中擠掉了，怎能夠自會歸來？」養娘每道：「聞得歹人拐人家小廝去，有擦瞎眼的，有砍掉腳的，千方百計，擺佈壞了，裝做叫化的化錢。若不急急追尋，必然衙內遭了毒手。」各各啼哭不住。家人每道：「相公便不著落府裡緝捕，招帖也寫幾張，或是大張告示。有人貪圖賞錢，便有訪得下落的來報了。」一時間，你出一說，我出一見，紛紜亂講。只有襄敏公怡然不以為意，道：「隨你議論百出，總是多的，過幾日自然來家。」夫人道：「魔合羅※34般一個孩子，怎生捨得失去了，不在心上，說這樣懈話※35！」襄敏公道：「包在我身上還你一個舊孩子便了，不要性急。」夫人那裡放心？就是家人每、養娘每，也不肯信相公的話。夫人自分付家人各處找尋去了不題。

卻說那晚南陔在王吉背上，正在挨擠喧嚷之際，忽然有個人趁近到王吉身畔，輕輕伸手過來接去，仍舊一般馱著。南陔貪著觀看，正在眼花撩亂，一時不覺。只見那一個負得在背，便在人叢裡亂擠將過去。南陔纔喝聲道：「王吉如何如此亂走？」定睛一看，那裡是個王吉？衣帽裝束又另是一

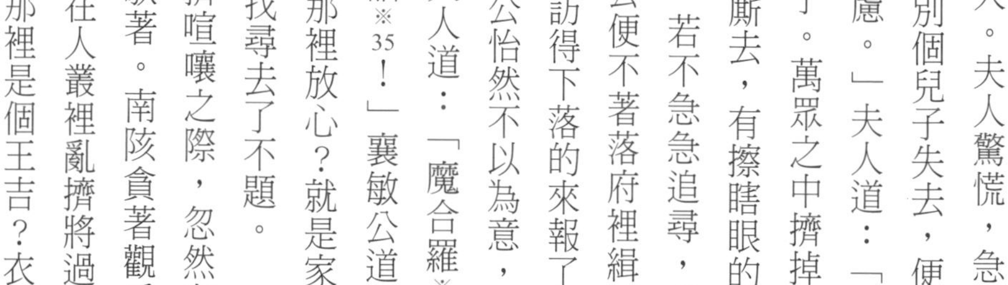

圖為《明憲宗行樂圖》（局部），描繪元宵節時明憲宗遊樂的情景。

樣了。南陔年紀雖小，心裡煞是聰明，便曉得是個歹人，被他鬧裡來拐了。欲待聲張，左右一看，並無一個認得的熟人。他心裡思量道：「此必貪我頭上珠帽。若被他掠去，須難尋討。我且藏過帽子。我身子不怕他怎地。」遂將手去頭上除下帽子來，揣在袖中，也不言語，也不慌張，任他馱著前走，卻像不曉得的。

將近東華門，看見四五乘轎子疊聯而來。南陔心裡忖量道：「轎中必有官員貴人在內，此時不聲張求救，更待何時？」覷轎子來得較近，伸手去攀轎幰※36，大呼道：「有賊！有賊！救人！救人！」那負南陔的賊由於不意，驟聽得背上如此呼叫，喫了一驚！恐怕被人拿住，連忙把南陔撩下背來，鑽向人叢裡脫身而走。轎中人聞得孩子聲喚，推開簾子一看，見是個青頭白臉魔合羅般一個小孩子，心裡喜歡。叫住了轎，抱將過來，問道：「你是何處來的？」南陔道：「是賊拐了來的。」轎中人道：「賊在何處？」南陔道：「方纔叫喊起來，在人叢中走了。」轎中人見他說話明白，把他頭撫摩道：「乖乖，你不要心慌，且隨我頑耍※37去來。」

註

※33奢遮煞：充其量。
※34魔合羅：梵文的音譯。比喻可愛、討人喜歡。
※35懈話：不負責任的話。
※36轎幰：轎簾。幰，讀作「顯」。
※36頑耍：玩樂、嬉戲。

眉批

◎3：知子莫若父。（即空觀主人）

便雙手抱來坐在膝上，一直進了東華門，竟入大內去了。你道轎中是何等人？原來是穿宮的高品近侍中大人※38。因聖駕御樓觀燈已畢，先同著一般的中貴※38四五人，前去宮中排宴，不想遇著南陔叫喊，抱在轎中，進了大內。中大人分付從人領他到自己入直※39的房內，與他果品喫著，被臥溫著，恐防驚嚇了他，叮囑又叮囑。內監心性，喜歡小的，自然如此。

次早，四五個中大人直到神宗御前，叩頭跪稟道：「好教萬歲爺爺得知：奴婢等昨晚隨侍賞燈回來，在東華門外拾得一個失落的孩子，領進宮來。此乃萬歲爺爺得子之兆。奴婢等不勝喜歡。未知是誰家之子？未請聖旨，不敢擅便，特此啟奏。」神宗此時前星未耀※41，正急的是生子一事。見說拾得一個孩子，也道是宜男之祥，喜動天顏，叫快宣來見。

中大人領旨，急到入直房內，抱了南陔，先對他說：「聖旨宣召，如今要見駕哩！你不要驚怕。」南陔見說見駕，曉得是見皇帝了，不慌不忙在袖中取出珠帽來，一似昨日戴了，隨了中大人，竟來見神宗皇帝。娃子家雖不曾習著什麼嵩呼拜舞之禮，卻也擎拳曲腳，一拜兩拜的叩頭稽首。喜得個神宗跌腳歡忭※42，御口問道：「小孩子，你是誰人之子？或曉得姓什麼？」南陔竦然※43起答道：「兒姓王，乃臣韶之幼子也。」神宗見他

宋神宗畫像，圖片取自趙士松編《趙氏族譜（商王二十九傳三江房錫年參訂）》。

說出話來聲音清朗，且語言有體，大加驚異。又問道：「你緣何得到此處？」南陔道：「只因昨夜元宵舉家觀燈，瞻仰聖容。嚷亂之中，被賊人偷馱背上前走。偶見內家※44車乘，只得叫呼求救。賊人走脫，臣隨中貴大人一同到此，得見天顏，實出萬幸。」神宗道：「你今年幾歲了？」南陔道：「臣五歲了。」神宗道：「小小年紀便能如此應對，王韶可謂有子矣！昨夜失去，不知舉家何等驚惶。朕今即要送還汝父，只可惜沒查處那個賊人。」南陔對道：「陛下要查此賊，一些不難。」神宗驚喜道：「你有何見，可以得賊？」南陔道：「臣被賊人馱走，已曉得不是家裡人了，便把頭帶的珠帽除下藏好。那珠帽之頂有臣母繡針彩線插戴其上，以壓不祥。臣比時在他背上，想賊人無可記認，就於除帽之時，將針線取下，密把他衣領縫線一道，插針在衣內，以為暗號。今陛下令人密查，若衣領有此線者，即是昨夜之

註

※38近侍中大人：太監之首。
※39中貴：太監
※40入直：辦公。
※41前星未耀：還沒有冊封儲君。
※42跌腳歡忭：快樂得跺起腳。
※43竦然：恭敬的樣子。竦，讀作「聳」。
※44內家：皇宮。

賊，便可捕獲。」神宗大驚道：「奇哉此兒！一點年紀，有如此大見識。朕如不得賊，孩子不如矣！待朕擒治，拿此賊，方送汝回去。」又對近侍誇稱道：「如此奇異兒子，不可令宮闈中人不見一見。」傳旨急宣欽聖皇后見駕。

穿宮人傳將旨意進宮，宣得欽聖皇后到來，山呼行禮已畢。神宗對欽聖道：「外廂有個好兒子，卿可暫留宮中，替朕看養幾日，做個得子讖兆。」欽聖雖然遵旨謝恩，不知什麼事繇，心中有些猶豫不決。神宗道：「要知詳細，領此兒到宮中問他，他自會說明白。」欽聖得旨，領了南陔自往宮中去了。神宗一面寫下密旨，差個中大人賫到開封府，是長是短的，從頭分付了大尹，立限捕賊以聞。開封府大尹奉得密旨，非比尋常訪賊的事，怎敢時刻怠慢？即喚過當日緝捕使臣何觀察[※45]分付道：「今日奉到密旨，限你三日內要拿元宵夜做不是的[※46]一夥人。」觀察稟道：「無贓無證，從何緝捕？」大尹叫何觀察上來，附耳低言，把中大人的傳衣領針線為號之說，說了一遍。何觀察道：「恁地時[※47]，三日之內，管取完這頭公事。只是不可聲揚。」大尹道：「你好幹這事。此是奉旨的，非比別項盜賊。小心在意！」觀察聲諾而出。到得使臣房，集齊一班眼明手快的公人來，商量道：「元宵夜趁著熱鬧做歹事的，不止一人；失事的也不止一家。偶然這一家的小兒不曾撈得去，別

欽聖皇后畫像。

家得手處必多。日子不遠，此輩不過在花街柳陌、酒樓飯店中輕鬆取樂，料必未散。雖是不知姓名地方，有此暗記，還怕什麼？遮莫※48沒蹤影的，也要尋出來。我每幾十個做公的，分頭體訪，自然有個下落。」當下派定張三往東，李四往西。各人認路。茶坊酒肆，凡有眾人團聚、面生可疑之處，即便留心，挨身體看。各自去訖。

原來那晚這個賊人，有名的叫做「鵰兒手」，一起有十來個，專一趁著熱鬧時節，人叢裡做那不本分的勾當。有詩為證：

昏夜貪他唾手財，全憑手快眼兒乖。
世人莫笑胡行事，譬似求人更可哀。◎4

那賊人當時在王家府門首窺探蹤跡，見個小衙內齊整打扮，背將出來，便看上了。一路跟著，不離左右。到了宣德門樓下，正在挨擠喧鬧之處，覷個空便雙手溜

註
※45觀察：古代官名。宋代是緝捕犯人的官吏。
※46做不是的：犯案作亂的人。
※47恁地時：什麼時間。恁，讀作「任」。
※48遮莫：儘管、即使。（《中華民國教育部重編國語辭典修訂本》）

眉批
◎4：今知求富貴利達者思之。（即空觀主人）

將過來，背了就走。欺他是小孩子，縱有知覺，不過驚怕啼哭，料無妨礙，不在心上。不隄防到官轎傍邊，卻會叫喊「有賊」起來，一時著了忙，卸著便走。更不知背上頭暗地裡，又被他做工夫，留下記認了。此是神仙也不猜到之事。後來脫去，見了同夥，團聚攏來，各出所獲之物，如簪、釵、金寶、珠玉、貂鼠煖耳、狐尾護頸之類，無所不有；只有此人卻是空手。述其緣故。眾賊道：「何不單鵰了珠帽來？」此人道：「他一身衣服，多有寶珠鈕嵌，手足上各有釧鐲，就是四五歲一個小孩子，好歹也值兩貫錢，怎捨得輕放了他？」眾賊道：「而今孩子何在？正是貪多嚼不爛了。」此人道：「正在內家轎邊叫喊起來，隨從的虞侯※49虎狼相似，不兜住身子便算天大僥倖，還望財物哩！」眾賊道：「果是利害。而今幸得無事，弟兄們且打平夥※50，喫酒壓驚去。」於是一日輪一個做主人，只揀隱僻酒務，便去暢飲。

是日，正在玉津園傍邊一個酒務※51裡頭歡呼暢飲。一個做公的叫做李雲，偶然在外經過，聽得猜拳豁指、呼么喝六※52之聲。他是有心的，便踅※53進門來一看，見這些人舉止氣象，心下有十分瞧科※54。走去坐了一個獨副座頭，叫聲：「買酒飯喫」。店小二先將盞筯安頓去了。他便站將

北宋蘇漢臣所繪的《冬日嬰戲》圖，描繪宋代時孩童穿著與嬉戲場景。

起來，背著手踱來踱去，側眼把那些人逐個個覷將去。內中一個，果然衣領上掛著一寸來長短彩線頭。李雲曉得著手了，叫店家：「且慢暖酒，我去街上邀著個客人一同來喫。」一忙走出門，口中打個胡哨，便有七八個做公的走將攏來，問道：「李大，有影響麼？」李雲把手指著店內道：「正在這裡頭，已看的實了。我們幾個守著這裡，把一個走去，再叫集十來個弟兄，一同下手。」內中一個會走的，飛也似去。頃刻叫上十來個做公的，發聲喊，望酒務裡打進去叫道：「奉聖旨，拿元宵夜一夥賊人！店家協力，不得放走了！」店家聽得「聖旨」二字，曉得利害，急集小二、火工、後生人等，執了器械來幫助。十來個賊，不曾走一個，多被捆倒。正是：

日間不做虧心事，夜半敲門不喫驚。

註

※49虞侯：此指侍從跟班。
※50打平夥：分攤出酒錢。
※51酒務：賣酒或提供人喝酒的場所。
※52呼么喝六：賭博時發出的叫喊聲。么、六，是骰子的點數。
※53踅：讀作「學」。此指走過去，又折轉回來。
※54瞧科：察覺出來。

大凡做賊的，見了做公的，就是老鼠遇了貓兒，見形便伏；做公的見了做賊的，就是仙鶴遇了蛇洞，聞氣即知。所以這兩項人，每每私自相通，時常要些孝順，叫做「打業錢」。若是捉破了賊，不是什麼要緊公事，得些利市，便放鬆了。◎5而今是欽限要人的事，衣領上針線鬥著海底眼※55，如何容得寬展？留下捆住，先剝了這一個的衣服。眾賊雖是口裡還強，卻個個肉顫身搖，面如土色。身邊一搜，各有零贓。一直裡押到開封府來，報知大尹。大尹升堂，驗著衣領針線是實，明知無枉，喝教用起刑來。令招實情。棚、扒、弔、拷，備受苦楚。這些頑皮賊骨，只不肯招。大尹即將衣領針線問他道：「你身上何得有此？」賊人不知事端，信口支吾。大尹笑道：「如此劇賊，卻被小孩子算破了，豈非天理昭彰？你可記得元宵夜內家轎邊叫救人的孩子麼？你身上已有了暗記，還要抵賴到那裡去？」賊人方知被孩子暗算了，頓口無言，只得招出實情。乃是積年累歲，遇著節令盛時，即便四出剽竊。以及平時掠販子女，傷害性命，罪狀山積，難以枚舉。從不敗露。豈知今年元宵行事之後，卒然被擒。卻被小子暗算，驚動天聽，以致有此。莫非天數該敗？一死難逃。大尹責了口詞，疊成文卷。大尹卻記起舊年元宵真珠姬一

開封府著名府尹「包拯」，諡號「孝肅」。

案，現捕未獲的那一件事來。你道又是甚事？看官，且放下這頭，聽小子說那一頭。

也只因宣德門張燈，王侯貴戚女眷，多設帷幕在門外兩廡※56，日間先在那裡等候觀看。其時，有一個宗王※57家眷，在東廡下張設帷幕，擺下酒肴，觀看燈火。那時金吾不禁，人海人山，語言鼎沸，喧天振地。更有那花砲流星，你放我賽。那宗王有個女兒，名喚真珠姬，年方十七，未曾許嫁人家。顏色明豔，服飾鮮麗，耀人眼目。宗王的夫人姨妹族中卻在西首。姨娘曉得外甥真珠姬在帷中觀燈，叫個丫鬟走來相邀一會，上覆道：「若肯來，當差兜轎來迎。」真珠姬聽罷，不勝之喜，便對母親道：「兒正要見姨娘，恰好他來相請，是必要去。」夫人亦欣然許允，打發丫鬟先去回話，專候轎來相迎。過不多時，只見一乘兜轎打從西邊來到帷前。真珠姬孩子心性，巴不得就到那邊頑耍。叫養娘們問得是來接的，分付從人隨後來，自己不耐煩等待，慌忙先自上轎去了。◎6

才去得一會，先前來的丫鬟又領了一乘兜轎來到，說道：「立等真珠姬相會，

註

※55 海底眼：玄機；秘密。

※56 兩廡：東西兩方的屋簷走道。

※57 宗王：親王。

眉批

◎5：所以賊愈多也。（即空觀主人）

◎6：娃子性自貽伊戚。（即空觀主人）

快請上轎。」王府裡家人道：「真珠姬方才先隨轎去了，如何又來迎接？」丫鬟道：「只是我同這乘轎來，那裡又有什麼轎先到？」家人們曉得有些蹺蹊了，大家忙亂起來。聞之，宗王著人到西邊去看，眼見得決不在那裡的了。急急分付虞候祇從人※58等四下找尋，並無影響。急具事狀，告到開封府。府中曉得是王府裡事，不敢怠慢，散遣緝捕使臣挨查蹤跡。王府裡自出賞揭，報信者二千貫。竟無下落不題。

且說真珠姬自上了轎後，但見轎夫四足齊舉，其行如飛。真珠姬心裡道：「是頃刻就到的路，何須得如此慌走？」卻也道是轎夫腳步慣了的，不以為意。及至抬眼看時，倏忽轉灣，不是正路，漸漸走到狹巷里來，轎夫們腳高步低，越走越黑。心裡正有些疑惑，忽然轎住了，轎夫多走了去。不見有人相接，只得自己掀簾走出轎來，定睛一看，只叫得苦。元來是一所古廟。旁邊鬼卒十餘個各持兵杖夾立，中間坐著一位神道※59，面闊尺餘，鬚髯滿頰，目光如炬，肩臂擺動，像個活的一般。真珠姬心慌，不免下拜。神道開口大言道：「你休得驚怕！我與汝有夙緣，故使神力攝你至此。」真珠姬見神道說出話來，愈加驚怕，放聲啼哭起來。旁邊兩個鬼卒走來扶著，神道說：「快取壓驚酒來。」

宋代畫作中的道教仙人呂洞賓。

旁邊一鬼卒斟著一杯熱酒，向真珠姬口邊奉來。真珠姬欲待推拒，又懷懼怕，勉強將口接著，被他一灌而盡。

真珠姬早已天旋地轉，不知人事，倒在地下。神道走下座來，笑道：「著了手也！」旁邊鬼卒多攢將攏來，同神道各卸了裝束，除下面具。原來個個多是活人，乃一夥劇賊裝成的。將蒙汗藥灌倒了真珠姬，抬到後面去。後面走將一個婆子出來，扶去放在床上眠著。眾賊漢乘他昏迷，次第姦淫。可憐金枝玉葉之人，零落在狗黨狐群之手。姦淫已畢，分付婆子看好。各自散去，別做歹事了。

真珠姬睡至天明，看看甦醒。睜眼看時，不知是那裡？但見一個婆子在傍邊坐著。真珠姬自覺下體疼痛，把手摸時，周圍虛腫，明知著了人手。問婆子道：「此是何處？將我送在這裡？」婆子道：「夜間眾好漢每送將小娘子來的。不必心焦，管取你就落好處便了。」真珠姬道：「我是宗王府中閨女，你每歹人怎如此胡行亂做？」婆子道：「而今說不得王府不王府了。老身見你是金枝玉葉，須不把你作賤。」真珠姬也不曉得他的說話因由，侮著眼只是啼哭。元來這婆子是個牙婆，專

註

※58虞候祗從：侍從、僕從。祗從讀作「之粽」。
※59神道：神祇。

一走大人家僱賣人口的。這夥劇賊掠得人口，便來投他家下，留下幾晚，就有頭主來成了去的。那時留了真珠姬，好言溫慰得熟分。剛兩三日，只見一日一乘轎來抬了去，已將他賣與城外一個富家為妾了。

主翁成婚後，雲雨之時，心裡曉得不是處子，卻見他美色，甚是喜歡，不以為意，更不曾提起問他來歷。真珠姬也深懷羞慚，不敢輕易自言。怎當得那家姬妾頗多，見一人專寵，心生嫉妒之心。說他來歷不明，多管是在家犯奸被逐出來的奴婢，日日在主翁耳根邊激聒。主翁聽得不耐煩，偶然問其來處。真珠姬揆※60著心中事，大聲啼泣，訴出事由來，方知是宗王之女被人掠賣至此。主翁多曾看見榜文賞帖的，老大吃驚，恐怕事發連累。急忙叫人尋取原媒牙婆，已自不知去向了。主翁尋思道：「此等奸徒，此處不敗，別處必露。到得跟究起來，現贓在我家，須藏不過，可不是天大利害？況且王府女眷，不是取笑，必有尋著根底的日子。別人做了歹事，把個愁布袋丟在這裡，替他頂死不成？」心生一計，叫兩個家人家裡抬出一頂破竹轎來裝好了，請出真珠姬來。主翁納頭便拜道：「一向有眼不識貴人，多有唐突，卻是辱莫了貴人，多是歹人做的事，小可並不知道。◎7今情願折了身價，白送貴人還府，只望高抬貴手，

北宋蘇漢臣繪製的《蕉陰擊球圖》，圖中可見當時婦人裝扮。

凡事遮蓋，不要牽累小可則個。」真珠姬見說送他還家，就如聽得一封九重恩赦到來。又原是受主翁厚待的，見他小心陪禮，好生過意不去，回言道：「只要見了我父母，決不題起你姓名罷了。」

主翁請真珠姬上了轎，兩個家人抬著飛走。真珠姬也不及分別一聲。約莫走了五七里路，至一荒野之中。抬轎的放下竹轎，抽身便走，◎8一道煙去了。真珠姬在轎中探頭出看，只見靜悄無人。走出轎來前後一看，連兩個抬轎的影蹤不見。慌張起來道：「我直如此命蹇，如何不明不白抛我在此？萬一又遇歹人，如何是好？」沒做理會處，只得仍舊進轎坐了，放聲大哭起來。亂喊亂叫，將身子在轎內顛擲不已。

頭髮多顛得蓬鬆。此時正是三月天氣，時常有郊外踏青的。有人看見那空野之中，一乘竹轎內有人大哭，不勝駭異，漸漸走將攏來。起初止是一兩個人，後來簇箕般回將轉來，你詰我問，你喧我嚷。真珠姬慌慌張張，沒口得分訴，一發說不出一句明白話來。內中有老成人，搖手叫四傍人莫嚷，高聲問道：「娘子是何家宅眷？因甚獨自歇轎在此？」真珠姬方纔噙了眼淚，說道：「奴是王府中族姬，被歹

註
※60 揆著：懷著。揆，掌管。

眉批
◎7：主人翁來得，所以終得脫禍也。（即空觀主人）
◎8：脫得去，謝神明。（即空觀主人）

人拐來在此的。有人報知府中，定有重賞。」當時王府中賞帖、開封府榜文，誰不知道？真珠姬話纔出口，早已有請功的飛也似去報了。須臾之間，王府中幹辦※61、虞候走了偌多人來認看，果然破轎之內，坐著的是真珠族姬。慌忙打轎來換了，抬歸府中。父親與合家人等，看見頭鬅鬢亂、滿面淚痕，抱著大哭。真珠姬一發亂顛亂擲，哭得一佛出世，二佛生天。直等哭得盡情了，方纔把前時失去、今日歸來的事端，一五一十告訴了一遍。宗王道：「可曉得那討你的是那一家？便好挨查。」真珠姬心裡還護著那主翁，回言道：「人家便認得，卻是不曉得姓名，也不曉得地方。又來得路遠了，不記起在那一邊。抑且那人家原不知情，多是歹人所為。」宗王心裡道是「家醜不可外揚。」恐女兒許不得人家，只得含忍過了，不去聲張。下老實根究，只暗地囑付開封府留心訪賊罷了。隔了一年，又是元宵之夜，弄出王家這件事來。其時，大尹拿倒王家做歹事的賊，記得王府中的事，也把來問問看，果然即是這夥人。大尹咬牙切齒，拍案大罵道：「這些賊男女，死有餘辜！」喝教加力行杖，各打了六十訊棍，押下死囚牢中，奏請明斷發落。奏內大略云：

> 群盜元夕※62所爲，止於胠篋※63；居恒※64所犯，盡屬椎埋※65。似此梟獍※66之徒，豈容輦轂之下※67？合行駢戮，以靖邦畿。

神宗皇帝見奏，曉得開封府盡獲盜犯，笑道：「果然不出小孩子所算。」龍顏大喜，批准奏章，著令官即時處決。又命開封府再錄獄詞一通來看。開封府欽此欽遵，處斬眾盜已畢，一面回奏。復將前後犯繇獄詞，詳細錄上。神宗得奏，即將獄詞籠在袍袖之中，含笑回宮。

且說正宮欽聖皇后，那日親奉聖諭，賜與外廂小兒鞠養※68，以為得子之兆，當下謝恩，領回宮中來。試問他來歷備細，那小孩子應答如流，語言清朗。他在皇帝御前也曾經過，可知道不怕面生，就像自家屋裡一般，嘻笑自若。喜得個欽聖心花也開了，將來抱在膝上，命宮娥取過梳妝匣來，替他掠髮整容、調脂畫額，一發打扮得齊整。合宮妃嬪，聞得欽聖宮中御賜一個小兒，盡皆來到宮中。一來稱賀娘娘，二來觀看小兒。因小兒是宮中所不曾有的，實覺稀罕。及至見了，又是一個眉

註

※61幹辦：專管買辦事務的奴僕。
※62元夕：元宵。
※63胠篋：撬開箱子，指偷東西。
※64居恒：平時，一直以來。
※65椎埋：殺了人，把屍體掩埋。泛指殺人。
※66梟獍：此指如虎狼般兇狠之人。梟，吃母親的惡鳥。獍，吃父親的惡獸。
※67輦轂：京師。
※68鞠養：撫育、養育。

清目秀、唇紅齒白，魔合羅般一個能言能語、百問百答。你道有不快活的麼？妃嬪每要奉承娘娘，亦且喜歡孩子，爭先將出寶玩、金珠、釧鐲等類，來做見面錢，多塞在他小袖子裡。袖子盛滿擠不下了。欽聖命一個老內人※69逐一替他收好。又叫引他到各宮，朝見頑耍。各宮以為盛事，你強我賽，又多各有賞賜。宮中好不喜歡熱鬧。

如是十來日。正在喧哄之際，忽然駕幸欽聖宮，宣召前日孩子。欽聖當下率領南陔朝見已畢，神宗問欽聖道：「小孩子莫驚怕否？」欽聖道：「蒙聖恩敕令暫鞠此兒。此兒聰慧非凡。雖居禁地，毫不改度，老成人不過如此。實乃陛下洪福齊天，國家有此等神童出世。臣妾不勝欣幸。」神宗道：「好教卿等知道，那夜做歹事的人，盡被開封府所獲。則為衣領上針線暗記，不到得走了一個。此兒可謂有智極矣！今賊人盡行斬訖，怕他家裡不知道，在家忙亂，今日好好送還他去。」欽聖與南陔，各叩首謝恩。當下傳旨：敕令前日抱進宮的那個中大人護送歸第。御賜金犀一麓，與他壓驚。◎9中大人得旨，就御前抱了南

欽聖與南陔，各叩首謝恩。當下傳旨：敕令前日抱進宮的那個中大人護送歸第。（古版畫，選自《今古奇觀》明末吳郡寶翰樓刊本。）

陔，辭了欽聖，一路出宮。欽聖尚兀自好些不割捨他。梯己※70自有賞賜，與同前日各宮所贈之物，同貯一篋，令人一同交付與中大人收好，送到他家。中大人出了宮門，傳命備起犢車，齎※71了聖旨，就抱南陔坐在懷裡了，徑往王家而來。

去時驀地偷將去，來日從天降下來。
孩抱何緣親見帝？恍疑鬼使與神差。

話說王襄敏家中，自那晚失了小衙內，合家內外大小，沒一個不憂愁思慮，哭哭啼啼。只有襄敏毫不在意，竟不令人追尋。雖然夫人與同管家的，分付眾家人各處探訪，卻也並無一些影響。人人懊惱，沒個是處。忽然此日朝門上飛報將來：「有中大人親齎聖旨到第開讀。」襄敏不知事端，分付忙排香案迎接。自己冠紳袍笏，俯伏聽旨。只見中大人抱了個小孩子下犢車來。家人上前來爭看，認得是小衙內，倒吃了一驚。不覺大家手舞足蹈，禁不得喜歡。中大人喝道：「且聽宣聖

註

※69老內人：年老的宮廷侍女。
※70梯己：私下、親自，同「體己」。
※71齎：讀作「機」，拿、持。

眉批

◎9：大人家做事不小。（即空觀主人）

旨！」高聲宣道：

卿元宵失子，乃朕獲之。今卻還卿。◎10特賜壓驚物一篋，獎其幼志。欽哉！

中大人宣畢，襄敏拜舞謝恩已了。請過聖旨，與中大人敘禮，分賓主坐定。中大人笑道：「好個乖令郎！」襄敏正要問起根繇，中大人笑嘻嘻的，袖中取出一卷文書出來，說道：「老先生要知令郎來去事端，只看此一卷，便明白了。」襄敏接過手來一看，乃開封府獲盜獄詞也。襄敏從頭看去，見是密詔開封捕獲，便道：「乳臭小兒，如此驚動天聽，又煩聖慮獲賊，直教老臣粉身碎骨，難報聖恩萬一。」中大人笑道：「這賊多是令郎自家倒的，不煩一毫聖慮，所以為妙。」南陔當時就口裡說那夜怎的長，怎的短，怎的見皇帝，怎的拜皇后，明明朗朗，訴個不住口。先前合家人聽見聖旨到時，已攢在中門口觀看；及見南陔出車來，大家驚喜，只是不知頭腦。直待聽見南陔備細述此一遍，心下方纔明白，盡多贊歎他乖巧之極。方信襄敏不在心上，不肯追求，道是他自家會歸來的，真有先見之明也。

襄敏分付治酒款待中大人。中大人就將聖上欽賞壓驚金

宋神宗皇后向氏像，圖片取自趙士松編《趙氏族譜（商王二十九傳三江房錫年參訂）》。

犀，及欽聖與各官所賜之物，陳設起來，真是珠寶盈庭，光彩奪目，所值不啻巨萬。中大人摩著南陔的頭道：「哥，夠你買果兒吃了。」襄敏又叩首對闕謝恩。立命館客寫下謝表，先奉中大人陳奏。等來日早朝面聖，再行率領小子謝恩。中大人道：「令郎哥兒是咱家遇著，攜見聖人的。咱家也是有個薄禮兒做個記念。」將出元寶二個、彩緞八表裡來。襄敏再三推辭不得，只得收了。另備厚禮，答謝過中大人。中大人上車回覆聖旨去了。襄敏送了回來，合家歡慶。襄敏公道：「我說你們不要忙，我十三必能自歸。今非但歸來，且得了許多恩賜，又已拿了賊人，多是十三自己的主張來，可是我不著急的是麼？」合家各各稱服。後來南陔取名王寀※71。政和年間，大有文聲，功名顯達。只看他小時舉動如此，已占大就矣。

小時了了※72大時佳，五歲孩童已足誇。
計縛劇徒如反掌，直教天子送還家。

註

※72王寀：字輔道，號南陔，江州德安（今屬江西）人，考中進士後官至校書郎，翰林學士，兵部侍郎。寀，讀作「采」。

※73小時了了：小時候天資聰穎，長大之後未必能有所成就。典故出自南朝宋・劉義慶《世說新語・言語》。陳韙說：『小時了了，大未必佳。』孔融曰：『想君小時，必當了了。』

眉批

◎10：元有盛世君臣之風。（即空觀主人）

第三十七卷　崔俊臣巧會芙蓉屏

夫妻本是同林鳥，大限來時各自飛。
若是遺珠還合浦※1，卻教拂拭更生輝。

話說宋朝汴梁有個王從事※2，同了夫人到臨安調官，賃一民房。居住數日，嫌他窄小不便。王公自到大街坊上，尋得一所宅子，寬敞潔淨，甚是像意※3，當把房錢賃下了。歸來與夫人說：「房子甚是好住。我明日先搬東西去了。臨完，我雇轎來接你。」次日，併疊箱籠，結束齊備。王公押了行李，先去收拾。臨出門又對夫人道：「我先去，你在此等等，轎到便來就是。」王公分付罷，到新居安頓了，就喚一乘轎，到舊寓接夫人。轎已去久，竟不見到。王公等得心焦，重到舊寓來問。舊寓人道：「官人去不多時，就有一乘轎來接夫人。夫人已上轎去了。後邊又是一乘轎來接，我回他：『夫人已有轎去了。』那兩個就打了空轎回去，怎麼還未到？」王公大驚！轉到新寓來看。只見兩個轎夫來討錢道：

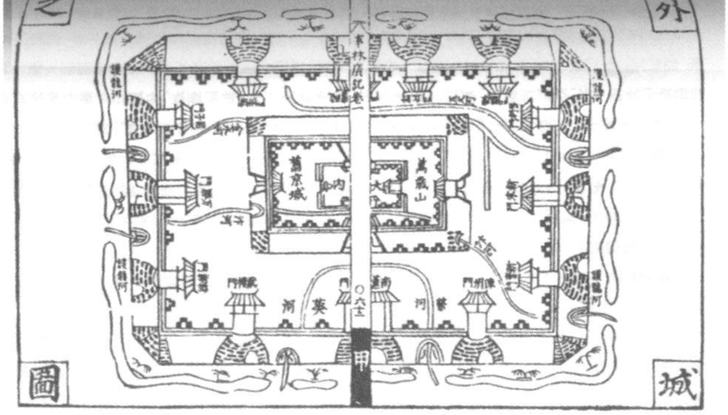

宋汴梁外城地圖。

「我等打轎去接夫人，夫人已先來了。我等雖不抬得，卻要賃轎錢與腳步錢。」王公道：「我叫得是你們的轎，如何又有甚人的轎先去接著？而今竟不知抬向那裡去了。」轎夫道：「這個我們卻不知道。」王公將就拿幾十錢打發了去，心下好生無主，炮躁如雷，沒個出豁處※4。

次日，到臨安府進了狀，拿得舊主人來，只如昨說，並無異詞。問他鄰舍，多見是上轎去的。又拿後邊兩個轎夫來問，說道：「只打得空轎往回一番，地方街上人多看見的，並不知餘情。」臨安府也沒奈何，只得行個緝捕文書，訪拿先前的兩個轎夫。卻又不知姓名住址，有影無蹤，海中撈月。眼見得一個夫人送在別處去了。王公淒淒惶惶，苦痛不已。自此失了夫人，也不再娶。

五年之後，選了衢州※5教授。衢州首縣是西安縣※6附郭的，那縣宰※7與王教

註

※1遺珠還合浦：即「珠還合浦」。此處比喻妻子失而復得。東漢時代，合浦郡盛產珍珠，因宰守貪婪，縱容濫採，蚌就逐漸遷徙至交阯郡。後孟嘗任合浦太守，革除以前的弊端，蚌才逐漸搬回來。典故出自《後漢書．卷七六．循吏傳．孟嘗傳》。

※2從事：古代官名。漢代刺史的輔佐官吏，如別駕、治中等皆稱爲「從事」，沿襲至宋代廢除。

※3像意：滿意、稱心。

※4沒個出豁處：沒有發洩的方法。

※5衢州：古代地名。今浙江省西部。

※6西安縣：今浙江衢縣。

※7縣宰：古代官名。管理一個縣的主管官員，即縣令。

授時相往來。縣宰請王教授衙中飲酒，吃到中間，嗄飯※8中拿出鱉來。王教授喫了兩箸，便停了箸，哽哽咽咽，眼淚如珠落將下來。縣宰驚問緣故。王教授道：「此味頗似亡妻所烹調，故此傷感。」縣宰道：「尊閫※9夫人，幾時亡故？」王教授道：「索性亡故，也是天命。只因在臨安移寓，相約命轎相接。不知是甚歹人，先把轎來騙接，拙妻錯認是家裡轎上的去了。當時告了狀，至今未有下落。」

縣宰色變了道：「小弟的小妾，正是在臨安用三十萬錢娶的外方人。適纔叫他治庖※10，這鱉是他烹煮的。其中有些怪異了。」登時起身，進來問妾道：「你是外方人，如何卻在臨安嫁得在此？」妾垂淚道：「妾身自有丈夫，被奸人賺來賣了，恐怕出丈夫的醜，故此不敢聲言。」縣宰問道：「丈夫何姓？」妾道：「姓王名某，是臨安聽調的從事官。」縣宰大驚失色！走出對王教授道：「略請先生移步到裡邊，有一個人要奉見。」王教授隨了進去。縣宰聲喚處，只見一個婦人走將出來。教授一認，正是失去的夫人。兩下抱頭大哭。王教授問道：「你何得在此？」夫人道：「你那夜晚間說話時，民居淺陋，想當夜就有人聽得把轎相接的說話。只見你去不多時，就有轎來接我。只道是你差來的，即便收拾上轎去。卻不知把我抬

宋代使用的紙幣「交子」。

到一個甚麼去處？乃是一個空房。有三兩個婦女在內，一同鎖閉了一夜。明日把我賣在官船上了。明知被賺，我恐怕你是調官的人，說出真情，添你羞恥，只得含羞忍耐，直至今日。◎1不期在此相會。」那縣官好生過意不去，傳出外廂，忙喚直日轎夫，將夫人送到王教授衙裡。王教授要賠還三十萬原身錢。縣宰道：「以同官之妻為妾，不曾察聽得詳細。恕不罪責，勾[※11]了。還敢說原錢耶？」教授稱謝而歸。夫妻歡會，感激縣宰不盡。原來臨安的光棍，欺王公遠方人。是夜聽得了說話，即起謀心，拐他賣到官船上，又是到任去的，他州外府，道是再沒有撞著的事了。誰知恰恰選在衢州，以致夫妻兩個失散了五年，重得在他方相會。也是天緣未斷，故得如此。卻有一件：破鏡重圓，離而復合，固是好事；這美中有不足處，那王夫人雖是所遭不幸，卻與人為妾，已失了身，又不曾查得奸人跟腳出，報得冤仇。不如〈崔俊臣芙蓉屏〉故事，又全了節操，又報了冤仇，又重會了夫妻，這個話本[※12]好聽。看官，容小子慢慢敷演[※13]。先聽〈芙蓉屏歌〉一篇，略見大意。歌

註

※8嘎飯：即今「下飯」，配飯吃的菜。
※9尊閫：即尊夫人，對對方妻子的尊稱。閫，讀作「捆」。
※10治庖：下廚烹煮食物。
※11勾：足夠，同「夠」。
※12話本：自己或他人所經歷的事情、故事。
※13敷演：演出、表演。

眉批

◎1：此婦亦憒憒，所以有此。（即空觀主人）

云：

畫芙蓉，妾忍題屏風。屏間血淚如花紅。敗葉枯梢雨蕭索，斷縑遺墨俱零落。去水奔流隔死生，孤身隻影成漂泊。成漂泊，殘骸向誰托？泉下游魂竟不歸，圖中豔姿渾似昨。渾似昨，妾心傷，那禁秋雨復秋霜！寧肯江湖逐舟子，甘從寶地禮醫王※14。醫王本慈憫，慈憫超群品。逝魄願提撕※15，煢嫠賴將引※16。芙蓉顏色嬌，夫婿手親描。花萎因折蒂，幹死爲傷苗。蕊乾心尚苦，根朽恨難消！但道章臺泣韓翃※17，豈期甲帳遇文蕭※18？芙蓉良有意，芙蓉不可棄。幸得寶月再團圓，相親相愛莫相捐。誰能聽我芙蓉篇？人間夫婦休反目，看此芙蓉眞可憐。

這篇歌是元朝至正年間真州※19才士陸仲暘所作。你道他為何作此歌？只因當時本州有個官人，姓崔名英，字俊臣，家道富厚，自幼聰明，寫字作畫，工絕一時。娶妻王氏，少年美貌，讀書識字，寫染※20皆通。夫妻兩個，真是才子佳人，一雙兩好，無不厮稱，恩愛異常。是年辛卯，俊臣以父蔭得官，補浙江溫州永嘉縣尉，同妻赴任。就在真州閘邊，有一隻蘇州大船，慣走杭州路的，船家姓顧。賃定了，下

✦至正為元惠宗的年號，圖為周朗繪《佛郎國献馬圖卷》，圖右坐著的人為元惠宗。

了行李，帶了家奴使婢，由長江一路進發，包送到杭州交卸。行到蘇州地方，船家道：「告官人得知，來此已是家門首了。求官人賞賜些，并買些福物紙錢，賽※21祭江湖之神。」俊臣依言，拿出些錢鈔，教如法置辦。完事畢，船家送一桌牲酒到艙裡來。俊臣叫家僮接了，擺在桌上同王氏煖酒少酌。俊臣是宦家子弟，不曉得江湖上的禁忌。吃酒高興，把箱中帶來的金銀杯觥之類，拿出與王氏歡酌。卻被船家後艙頭張見了，就起不良之心。

此時七月天氣，船家對官艙裡道：「官人，娘子在此鬧處歇船，恐怕熱悶。我們移船到清涼些的所在泊去，何如？」俊臣對王氏道：「我們船中悶躁得不耐煩，如此最好。」王氏道：「不知晚間謹慎否？」◎2俊臣道：「此處須是內地，不

註

※14醫王：佛陀的代稱。
※15提撕：扶持、幫助。
※16煢㷀賴將引：失去丈夫的女子仰賴收留。煢㷀，讀作「瓊物」。
※17章臺泣韓翊：韓翊，字君平，唐朝南陽（今屬河南）人。年少時結識美妓柳氏，兩人情投意合。後柳氏被番將所奪，許俊替韓翊搶回。典故出自唐傳奇《柳氏傳》。
※18甲帳遇文蕭：吳彩鸞嫁給書生文蕭，賦詩一首象徵愛情之堅貞不渝。詩云：「若能相伴陟仙壇，應得文蕭駕彩鸞，自有繡襦並甲帳，瓊台不怕雪霜寒。」典故出自唐裴硎所撰傳奇故事。
※19眞州：北宋時所設，今江蘇省境內。
※20寫染：書法和繪畫。
※21賽：酬報神明。

眉批

◎2：王氏畢竟老成。（即空觀主人）

比外江。況船家是此間人，必知利害，何妨得呢？」就依船家之言，憑他移船。

那蘇州左近太湖，有的是大河大洋。官塘路上，還有不測；若是傍港中去，多是賊的家裡。俊臣是江北人，只曉得揚子江有強盜，道是內地港道小了，境界不同，豈知這些就裡？是夜船家直把船放到蘆葦之中，泊定了。

黃昏時候，提了刀，竟奔艙裡來，先把一個家人殺了。俊臣夫妻見不是頭，磕頭討饒道：「是有的東西，都拿了去，只求饒命！」船家道：「東西也要，命也要。」兩個只是磕頭，船家把刀指著王氏道：「你不必慌，我不殺你，其餘都饒不得。」俊臣自知不免，再三哀求道：「可憐我是個書生，只教我全屍而死罷。」船家道：「這等饒你一刀，快跳在水中去。」也不等俊臣從容，提著腰胯，撲通的撩下水去。其餘家僮、使女盡行殺盡，只留得王氏一個。對王氏道：「你曉得免死的緣故麼？我第二個兒子，未曾娶得媳婦，今替人撐船到杭州去了。再是一兩個月，纔得歸來，就與你成親。你是吾一家人了，你只安心住著，自有好處，不要驚怕。」一頭說，一頭就把船中所有，盡檢點收拾過了。

王氏起初怕他來相逼，也拚一死。聽見他說了這些話，心中略放寬些道：「且到日後再處。」◎3果然此船家只叫王氏做媳婦，王氏假意也就應

蘇州出遊的交通工具常以舟船為主，圖為清畫家徐揚所繪的《姑蘇繁華圖》。

承。凡是船家教他做些什麼，他千依百順，替他收拾零碎，料理事務，真像個掌家的媳婦伏侍公公一般，無不任在身上，是件停當。船家道：「是尋得個好媳婦。」真心相待，看看熟分，並不隄防他有外心了。

如此一月有餘，乃是八月十五日中秋令節。船家會聚了合船親屬、水手人等，叫王氏治辦酒肴，盛設在艙中飲酒看月。個個喫得酩酊大醉，東倒西歪，船家也在船裡宿了。王氏自在船後艙，獨自收拾器皿。此時月光明亮如晝，仔細看看艙裡，沒有一個不睡沉了。王氏想道：「此時不走，更待何時？」喜得船尾貼岸泊著，略擺動一些，就好上岸。王氏輕身跳了起來，趁著月色，一氣走了二三里路。走到一個去處，比舊路絕然不同。四望盡是水鄉，只有蘆葦菰蒲，一望無際。仔細認去，蘆葦中間，有一條小小路徑，草深泥滑，且又雙彎纖細，鞋弓襪小，一步一跌，喫了萬千苦楚。又恐怕後邊追來，不敢停腳，盡力奔走。

漸漸東方亮了，略略路大了些。遙望林木之中，有屋宇露出來。王氏道：「好了，有人家了。」急急走去，到得面前，抬頭一看，卻是一個庵院的模樣，門還關著。王氏欲待叩門，心裡想道：「這裡頭不知是男僧女僧，萬一敲開門來，是男僧，撞著不學好的，非禮相犯，不是纔脫天羅，又入地網？且不可造次。總是天已大明，就是船上有人追著，此處有了地方，可以叫喊求救，須不怕他了。只在門首坐坐，等他開出來的是。」

眉批

◎3：若遇著扒灰老，如何能免。（即空觀主人）

須臾之間，只聽得裡頭托的門栓響處，開將出來，乃是一個女僮，出門擔水。王氏心中喜道：「元來是個尼庵。」一徑的走將進去，院主出來見了，問道：「女娘是何處來的？大清早到小院中。」王氏對著生人，未知好歹，不敢把真話說出來，哄他道：「妾是真州人，乃是永嘉崔縣尉次妻，大娘子兇悍異常，萬般打罵。近日家主離任歸家，泊舟在此。昨夜中秋賞月，叫妾取金杯飲酒，不料偶然失手，落在河裡去了。大娘子大怒，發願必要置妾死地。妾自想料無活理，乘他睡熟，逃出至此。」◎4院主道：「如此說來，娘子不敢歸舟去了。家鄉又遠，若要別求匹偶，一時也未有其人。孤苦一身，何處安頓是好？」王氏只是哭泣不止。院主見他舉止端重，情狀淒慘，好生慈憫，有心要收留他。便道：「老尼有一言相勸，未知尊意若何？」王氏道：「妾身患難之中，若是師父有甚麼處法，妾身敢不依隨？」院主道：「此間小院，荒郊寂閒，人跡不到，茭葑※22為鄰，鷗鷺為友，最是個幽靜之處。幸得一二同伴，都是五十以上之人。侍者幾個，又皆淳謹。老身在此住跡，甚覺清修味長。娘子雖然年芳貌美，爭奈命蹇時乖，何不捨離愛欲，披緇削髮，就此出家？禪榻佛燈，晨餐暮粥，且隨緣度其日月，豈不強如做人婢妾，受今世的苦

元代的觀音佛像。（圖片來源：National Museum in Warsaw）

惱，結來世的冤家麼？」王氏聽說罷拜謝道：「師父若肯收留做弟子，便是妾身的有結果了。還要怎的？就請師父替弟子落了髮，不必遲疑。」果然院主裝起香，敲起磬來，拜了佛，就替他落了髮。

可憐縣尉孺人※23，忽作如來弟子。

落髮後，院主起個法名，叫做慧圓。參拜了三寶，就拜院主做了師父，與同伴都相見已畢，從此在尼院中住下了。王氏是大家出身，性地聰明。一月之內，把經典之類，一一歷過，盡皆通曉，院主大相敬重。又見他知識事體，凡院中大小事務，悉憑他主張。不問過他，一件事也不敢輕做。且是寬和柔善，一院中的人沒一個不替他相好，說得來的。

每日早晨，在白衣大士前，禮拜百來拜，密訴心事。任是大寒大暑，再不間斷。拜完只在自己靜室中清坐。自怕貌美，惹出事來，再不輕易露形，外人也難得見他面的。

註

※22茭葑：菰根。泛指水草。（參考李平校注，《今古奇觀》，三民書局出版。）

※23孺人：此指古代對妻子的尊稱。

眉批

◎4：不說出盜來，因其地近，或恐其與盜有往還也。煞甚精細。（即空觀主人）

如是一年有餘。忽一日，有兩個人到院隨喜。乃是院主認識的近地施主，留他吃了些齋。這兩個人是偶然閒步來的，身邊不曾帶得甚麼東西來回答。明日將一幅紙畫的芙蓉來，施在院中張掛，以答謝昨日之齋。◎5院主受了，便把來裱在一格素屏上面。王氏見了，仔細認了一認，問院主道：「此幅畫是那裡來的？」院主道：「方纔檀越布施的。」王氏道：「這檀越是何姓名？住居何處？」院主道：「就是同縣顧阿秀兄弟兩個。」王氏道：「做甚麼生理的？」院主道：「他兩個原是個船戶，在江湖上賃載營生。近年忽然家事從容了，有人道他劫掠了客商，以致如此。未知真否如何。」王氏道：「常到這裡來的麼？」院主道：「偶然來來，也不常到。」王氏問得明白，記了顧阿秀的姓名，就提筆來寫一首詞在屏上。詞云：

少日風流張敞筆※24，寫生不數今黃筌※25。芙蓉畫出最鮮妍，豈知嬌豔色，翻抱死生緣。　粉繪淒涼餘幻質，只今流落有誰憐？素屏寂寞伴枯禪，今生緣已斷，

每日早晨，在白衣大士前，禮拜百來拜，密訴心事。（古版畫，選自《今古奇觀》明末吳郡寶翰樓刊本。）

願結再生緣。

——右調《臨江仙》

院中之尼，雖是識得經典上的字，文義不十分精通。看見此詞，只道是王氏賣弄才情，偶然題詠，不曉中間緣故。話說這畫來歷，卻是崔縣尉自己手筆畫的，也是船中劫去之物。王氏看見物在人亡，心內暗暗傷悲。又曉得強盜蹤跡，已有影響，只可惜是個女身，又已做了出家人，一時無處申理，忍在心中，再看機會。卻是冤仇當雪，姻緣未斷，自然生出事體來。

姑蘇城裡有一個人，名喚郭慶春，家道殷富，最肯結識官員士夫。心中喜好的是文房清玩。一日遊到院中來，見了這幅芙蓉畫得好，又見上有題詠，字法俊逸可觀，心裡喜歡不勝。問院主要買，院主與王氏商量，王氏自忖道：「此是丈夫遺跡，本不忍捨；卻有我的題詞在上，中含冤仇意思在裡面，遇著有心人玩著詞句，究問根由，未必不查出蹤跡來。若只留在院中，有何益處？」就叫：「師父賣與他

註

※24張敞筆：典故出自《漢書．張敞傳》。張敞，字子高，河東平陽人。任職京兆尹時，替妻子畫眉。

※25黃筌：五代時西蜀畫家。字要叔，四川成都人。擅長畫山水、花鳥、人物、佛像等。

眉批

◎5：小人惜財，故以芙蓉准折。亦天意也。（即空觀主人）

罷。」慶春買得，千歡萬喜去了。

其時，有個御史大夫高公，名納麟，退居姑蘇，最喜歡書畫。郭慶春想要奉承他，故此出個錢買了這幅紙屏去獻與他。高公看見畫得精緻，收了他的，慌忙裡也未看著題詞，也不查著款字，交與書僮，分付且掛在內書房中，送慶春出門來別了。只見外面一個人，手裡拿著草書四幅，插個標兒要賣。高公心性既愛這行物事，眼裡看見，就不肯便放過了。叫取過來看。那人雙手捧遞，高公接上手一看：

字格類懷素※26，清勁不染俗。
若列法書中，可載《金石錄》※27。

高公看畢道：「字法頗佳，是誰所寫？」那人答道：「是某自己學寫的。」高公抬起頭來看他，只見一表非俗，不覺失驚問道：「你姓甚名誰？何處人氏？」那個人掉下淚來道：「某姓崔名英，字俊臣，世居真州。以父蔭補永幕縣尉，帶了家眷同往赴任。自不小心，為船人所算，將英沉於水中。家財妻小，都不知怎麼樣了？幸得生長江邊，幼時學得泅水※28之法，伏在水底下多時。量他去得遠了，然後爬上岸來，投一民家。渾身沾濕，並無

十九世紀描繪中國佛寺的國外畫作。

一錢在身。賴得這家主人良善，將乾衣出來換了，待了酒飯，過了一夜。明日又贈盤纏少許，打發道：『既遭盜劫，理合告官。恐怕連累，不敢奉留。』◎6英便問路進城，陳告在平江路※29案下了。只為無錢使用，緝捕人役不十分上緊。今聽候一年，杳無消耗※30。無計可奈，只得寫兩幅字，賣來度日，乃是不得已之計，非敢自道善書。不意惡札※31，上達鈞覽。」

高公見他說罷，曉得是衣冠中人※32，遭盜流落，深相憐憫。又見他字法精好，儀度雍容，便有心看顧他，對他道：「足下既然如此，目下只索付之無奈。且留吾西塾，教我諸孫寫字，再作道理，意下如何？」崔俊臣欣然道：「患難之中，無門可投。得明公※33提攜，萬千之幸！」高公大喜，延入內書房中，即治酒榼※34

註

※26懷素：字藏眞，唐代僧人，擅草書。

※27《金石錄》：宋代趙明誠撰，共三十卷，收錄自上古三代至隋唐五代以來，刻在鐘鼎彝器與碑碣石刻上的文字拓本共兩千多種，爲中國最早的金石目錄和研究專書之一。

※28泅水：游泳。（《中華民國教育部重編國語辭典修訂本》）

※29平江路：古代地名。今江蘇蘇州。

※30消耗：音訊。

※31惡札：拙劣的書法、文筆。

※32衣冠中人：官宦人家子女，受過教育有一定文化水準的人。

※33明公：對有官階、身分尊貴之人的尊稱。

※34榼：讀作「客」。指盛酒的器具。

眉批

◎6：因盜告官而居停，乃怕累及，安得不滋盜也。（即空觀主人）

相待。

正歡飲間，忽然抬起頭來，恰好前日所受芙蓉屏正張在那裡。俊臣一眼睃去見了，不覺泫然※35垂淚。高公驚問道：「足下見此芙蓉，何故傷心？」俊臣道：「不敢欺明公，此畫亦是舟中所失物件之一，即是英自己手筆。只不知何得在此？」站起身來再看看，只見上有一詞。俊臣讀罷，又嘆息道：「一發※36古怪！此詞又即是英妻王氏所作。」高公道：「怎麼曉得？」俊臣道：「那筆跡從來認得。且詞中意思有在，真是拙妻所作無疑。但此詞是遭變後所題，拙婦想是未曾傷命，還在賊處。明公推究此畫，來自何方，便有個根據了。」高公笑道：「此畫來處，有因當為足下任捕盜之責，且不可洩漏！」是日酒散，叫兩個孫子出來拜了先生，就留在書房中住下了。自此俊臣只在高公門館不題。

卻說高公明日密地叫當直的請將郭慶春來問道：「前日所惠芙蓉屏是那裡得來的？」慶春道：「買自城外尼院。」高公問了去處，別了慶春，就差當直的到尼院中仔細盤問：「這芙蓉屏

恰好前日所受芙蓉屏正張在那裡。俊臣一眼睃去見了，不覺泫然垂淚。（古版畫，選自《今古奇觀》明末吳郡寶翰樓刊本。）

是那裡來的？又是那個題詠的？」王氏見來問得蹊蹺，就叫院主轉問道：「來問的是何處人？為何問起這些緣故？」當直的回言：「這畫而今已在高府中，差來問取來歷。」王氏曉得是官府門中來問，或者有些機會，在內叫院主把真話答他道：「此畫是同縣顧阿秀捨的，就是院中小尼慧圓題的。」當直的把此言回覆高公。高公心下道：「只須賺得慧圓到來，此事便有著落。」進去與夫人商議定了。

隔了兩日，又差一個當直的，分付兩個轎夫抬了一乘轎到尼院中來。當直的對院主道：「在下是高府的管家。本府夫人喜誦佛經，無人作伴。聞知貴院中小師慧圓了悟禪，禮請拜為師父，供養在府中。不可推卻。」院主遲疑道：「院中事務大小都要他主張，如何接去得？」王氏聞得高府中接他，他心中懷著復仇之意，正要到官府門中走走，尋出機會來。亦且前日來盤問芙蓉屏的說是高府，一發有些疑心。◎7便對院主道：「貴宅門中禮請，豈可不去？萬一推托了，惹出事端來，怎生當接？」院主曉得王氏是有見識的，不敢違他，但只是道：「去便去，只不知幾時可來。院中有事怎麼處？」王氏道：「等見過夫人，住了幾日，覷個空便，可以來得就來。想院中也沒甚事，倘有疑難的，高府在城不遠，可以來問信商量得

註

※35泫然：傷心垂淚的樣子。泫，讀作「炫」。

※36一發：更加、越是。（《中華民國教育部重編國語辭典修訂本》）

眉批

◎7：細心極矣，宜其遇著有心人。（即空觀主人）

的。」院主道：「既如此，只索※37就去。」當直的叫轎夫打轎進院，王氏上了轎，一直的抬到高府中來。

高公未與他相見，只叫他到夫人處見了，就叫夫人留他在臥房中同寢，高公自到別房宿歇。夫人與他講些經典，說些因果。王氏問一答十，說得夫人十分喜歡、敬重，閒中問道：「聽小師父口言，不是這裡本處人。還是自幼出家的？還是有過丈夫、半路出家的？」王氏聽說罷，淚如雨下道：「稟夫人：小尼果然不是此間，是真州人。丈夫是永嘉縣尉，姓崔名英，一向不曾敢把實話對人說，而今在夫人面前，只索實告，想自無妨。」◎8隨把赴任到此，舟人盜劫財物，害了丈夫全家，自己留得性命，脫身逃走，幸遇尼僧留住，落髮出家的說話，從頭至尾，說了一遍，哭泣不止。夫人聽他說得傷心，恨恨地道：「這些強盜，害得人如此。天理昭彰，怎不報應？」王氏道：「小尼躲在院中，一年不見外邊有些消耗。前日忽然有個人拿一幅畫芙蓉，到院中來施。小尼看來，卻是丈夫船中之物。即向院主問施人的姓名，道是同縣顧阿秀兄弟。小尼記起丈夫賃的船，正是船戶顧姓的。而今真贓已露，這強盜不是顧阿秀是誰？小尼當時就把舟中失散的意思，做一首詞，題在上頭。後來被人買去了。貴府有人來院，查問題詠芙蓉下落。其實前日即是小尼所題，有此冤情在內。」即

◆宋吳炳繪《出水芙蓉圖》。

拜夫人一拜道：「強盜只在左近，不在遠處了。只求夫人轉告相公，替小尼一查。若是得了罪人，雪了冤仇，以下報亡夫，相公、夫人恩同天地了！」夫人道：「既有了這些影跡，事不難查，且自寬心，等我與相公說就是。」

夫人果然把這些備細一一與高公說了。又道：「這人且是讀書識字，心性貞淑，決不是小家之女。」高公道：「聽他這些說話與崔縣尉所說正同。又且芙蓉屏上所題，崔縣尉亦認得是妻子筆跡。此是崔縣尉之妻，無可疑心。夫人只是好好看待他，且不要說破。」高公出來見崔俊臣時，俊臣也屢屢催高公替他查查芙蓉屏的蹤跡。高公只推未得其詳，略不題起慧圓的事。高公又密密差人問出顧阿秀兄弟居址所在，平日出沒行徑，曉得強盜是真。卻是居鄉的官※38，未敢輕自動手。私下對夫人道：「崔縣尉事，查得十有七八了，不久當使他夫妻團圓。但只是慧圓還是個削髮尼僧，他日如何相見，好去做孺人？你須慢慢勸他，長髮改妝纔好。」夫人道：「這是正理，只是他心裡不知道丈夫還在，如何肯長髮改妝？」高公道：「你自去勸他，或者肯依固好。畢竟不肯時節，我另自有說話。」夫人依言，來對王氏道：「吾已把你所言，盡與相公說知。相公道：『捕盜的事，多在他身上，管取與

註
※37只索：只好。
※38居鄉的官：辭官還鄉的官員。

眉批
◎8：宜虛則虛，宜實則實，王氏可以行兵。（即空觀主人）

你報冤。』」王氏稽首稱謝。夫人道：「只有一件，相公道，你是名門出身，仕宦之妻，豈可留在空門，沒個下落？叫我勸你長髮改妝。你若依得，一力與你擒盜便是。」王氏道：「小尼是個未亡之人，長髮改妝何用？只為冤恨未伸。故此上求相公做主。若得強盜殲滅，只此空門靜守，便了終身。還要甚麼下落？」夫人道：「你如此妝飾，在我府中，也不為便。不若你留了髮，認義我老夫婦兩個，做個孀居寡女，相伴終身。未為不可。」王氏道：「承蒙相公、夫人抬舉，人非木石，豈不知感？但重整雲鬟，再施鉛粉，丈夫已亡，有何心緒？況老尼相救深恩，一旦棄之，亦非厚道。所以不敢從命。」夫人見他說話堅決，一一回報了高公。高公稱嘆道：「難得這樣立志的女人！」又叫夫人對他說道：「不是相公苦苦要你留頭，其間有個緣故：前日因去查問此事，有平江路官吏相見，說：『舊年曾有人告理※39，也說是永嘉縣尉，只怕崔生還未必死。』若是不長得髮，他日一時擒住此盜，查得崔生出來，此時僧俗各異，不得團圓，悔之何及？何不權且留了頭髮，等事體盡完，崔生終無下落，那時任憑再淨了髮，還歸尼院，有何妨礙？」王氏見說是有

明代晚期的花鳥紋屏風。（圖片來源：Metropolitan Museum of Art）

人還在此告狀，心裡也疑道：「丈夫從小會沒水※40，是夜眼見得囫圇抛在水中的，或者天幸留得性命，也不可知。」遂依了夫人的話，雖不就改妝，卻從此不剃髮，權扮作道姑模樣了。

又過了半年，朝廷差個進士薛溥化為監察御史，來按平江路。這個薛御史乃是高公舊日屬官，他吏才精敏，是個有手段的。到了任所，先來拜謁高公。高公把這件事密密托他，連顧阿秀姓名、住址、去處，都細細說明白了。薛御史謹記在心，自去行事，不在話下。

且說顧阿秀兄弟，自從那年八月十五夜，一覺直睡到天明，醒來不見了王氏，明知逃去，恐怕形跡敗露，不敢明明追尋。雖在左近打聽兩番，並無蹤影。這是不好告訴人的事，只得隱忍罷了。此後一年之中，也曾做個十來番道路，雖不能如崔家之多，僥倖再不敗露，甚是得意。一日，正在家歡呼飲酒間，只見平江路捕盜官，帶著一哨官兵，將宅居圍住，拿出監察御史發下的訪單來，顧阿秀是頭一名強盜。其餘許多名字，逐名查去，不曾走了一個。又拿出崔縣尉告的贓單來，連他家裡箱籠，悉行搜卷，並盜船一隻，即停泊門外港內，盡數起到了官，解送御史衙

註

※39告理：告狀、起訴。

※40沒水：游泳、潛水。

門。薛御史當堂一問，初時抵賴，及查物件，見了永嘉縣尉的敕牒※41尚在，箱中贓物，一一對款。薛御史把崔縣尉舊日所告失盜狀念與他聽，方各俯首無詞。薛御史問道：「當日還有孺人王氏，今在何處？」顧阿秀等相顧，不出一語。御史喝令嚴刑拷訊。顧阿秀招道：「初意實要留他配小的次男，故此不殺。因他一口應承，願做新婦，所以再不防備。不期當年八月中秋，乘睡熟逃去，不知所向，只此是實情。」御史錄了口詞，取了供案。凡是在船之人，無分首從，盡問成梟斬死罪，決不待時。原贓照單給還失主。御史差人回復高公，就把贓物送到高公家來，交與崔縣尉。俊臣出來一一收了。曉得敕牒還在，家物猶存；只有妻子沒查下落處，連強盜肚裡也不知去向了，真個是渺茫的事。俊臣感新思舊，不覺慟哭起來。有詩為證：

堪笑聰明崔俊臣，也應落難一時渾。
既然因畫能追盜，何不尋他題畫人？

約十八世紀時的中國屏風。
（圖片來源：Daderot）

原來高公有心，只將畫是顧阿秀施在尼院的說與俊臣知道，並不曾提起題畫的人就在院中為尼，所以俊臣但得知盜情因畫敗露，妻子卻無查處；竟不知只在畫上可以跟尋出來的。◎9當時俊臣慟哭已罷，想道：「既有敕牒，還可赴任：若再稽遲，便恐另補有人，到不得地方了。妻子既不見，留連於此無益。」請高公出來拜謝了，他就把要去赴任的意思說了。高公道：「赴任是美事。但足下青年無偶，豈可獨去？待老夫與足下做個媒人，娶了一房孺人，然後夫妻同往，也未為遲。」俊臣含淚答道：「糟糠之妻，同居貧賤多時，今遭此大難，流落他方，存亡未卜。然據著芙蓉屏上尚有題詞，料然還在此方。今欲留此尋訪，恐事體渺茫，稽遲歲月，到任不得了。愚意且單身到彼，差人來高揭榜文，四處追探。拙婦是認得字的，傳將開去，他聞得了，必能自出。除非憂疑驚恐，不在世上了。萬一天地垂憐，尚然留在，還指望伉儷重諧。英感明公恩德，雖死不忘，若別娶之言，非所願聞。」高公聽他說得可憐，曉得他別無異心◎10，也自淒然道：「足下高誼如此，天意必然相佑，終有完全之日，吾安敢強逼？只是相與這幾時，容老夫少盡薄設奉餞，然後起程。」

註

※41敕牒：古代君王頒佈任命官吏的文書憑據。

眉批

◎9：善藏其用，益能令人感激。（即空觀主人）
◎10：高公只恐崔生疑妻爲盜汙而疏之，故不得不鄭重耳。（即空觀主人）

次日，開宴餞行，邀請郡中門生故吏各官，與一時名士畢集，俱來奉陪崔縣尉。酒過數巡，高公舉杯告眾人道：「老夫今日為崔縣尉了今生緣。」眾人都不曉其意。連崔俊臣也一時未解。只見高公命傳呼後堂：「請夫人打發慧圓出來！」俊臣驚得目呆，只道高公要把甚麼女人強他納娶，故設此宴、說此話，也有些著急了。夢裡也不曉得他妻子叫得甚麼「慧圓」。當時夫人已知高公意思，把「崔縣尉在館內多時，昨已獲了強盜，問了罪名，追出敕牒。今日餞行赴任，特請你到堂廝認團圓。」逐項逐節的事情，說了一遍。王氏如夢方醒，不勝感激。先謝了夫人，走出堂前來。此時王氏髮已半長，照舊妝飾。崔縣尉一見乃是自家妻子，驚得如醉裡夢裡。高公笑道：「老夫原說道與足下為媒，這可做得著麼？」崔縣尉與王氏相持大慟，說道：「自料今生死別了，誰知在此，卻得相見。」座客見此光景，盡有不曉得詳悉的，向高公請問根由。高公便叫書僮去書房裡取出芙蓉屏來，對眾人道：「列位要知此事，須看此屏。」眾人爭先來看，卻是一畫一題。看的看，念的念，卻不明白這個緣故。

一個有山水畫風景的屏風，山水畫為清代畫家袁江、王雲的作品。
（圖片來源：Kyoto National Museum）

高公道：「好教列位得知，只這幅畫，便是崔縣尉夫妻一段大姻緣。這圖即是崔縣尉所畫，這詞即是崔孺人所題。他夫妻赴任到此，為船上所劫。崔孺人脫逃，於尼院出家，遇人來施此畫，認出是船中之物，故題此詞。後來此畫卻入老夫之手。遇著崔縣尉到來，又認出是孺人之筆。老夫暗地著人細細問出根由，乃知孺人在尼院。叫老妻接將家來往著，密行訪緝，備得大盜蹤跡，托了薛御史究出此事。強盜俱已伏罪。崔縣尉與孺人，在家下各有半年多。只道失散在那裡，竟不知同在一處多時了。老夫一向隱忍，不通他兩人知道。只為崔孺人頭髮未長，崔縣尉敕牒未獲，不知事體如何？兩人心事如何？不欲造次漏洩。今罪人既得，試他義夫節婦，兩下心堅。今日特地與他團圓這段因緣，故此方纔說替他了今生緣，即是崔孺人詞中之句。方纔說：『請慧圓。』乃是崔孺人尼院中所改之字，特地使崔君與諸公不解，為今日酒間一笑耳。」

崔俊臣與王氏聽罷，兩個哭拜高公。連在坐之人，無不下淚，稱嘆高公盛德，古今罕有。王氏自到裡面去拜謝夫人了。高公重入座席，與眾客盡歡而散。

是夜，特開別院，叫兩個養娘伏侍王氏與崔縣尉在內安歇。明日，高公曉得崔俊臣沒人伏侍，贈他一奴一婢，又贈他好些盤纏。當日就道。他夫妻兩個感念厚恩，不忍分別，大哭而行。王氏又同丈夫到尼院中來。院主及一院之人，見他許久不來，忽又改妝，個個驚異。王氏備細說了遇合緣故，並謝院主看待厚意。院主方纔曉得顧阿秀劫掠是真，前日王氏所言妻妾不相容，乃是一時掩飾之詞。院中人個個與他相好的，多不捨得他去。事出無奈，各各含淚而別。夫妻兩個同到永嘉去了。在永嘉任滿回來，重過蘇州，差人問候高公，要進來拜謁。誰知高公與夫人俱已薨逝，殯葬已畢了。崔俊臣同王氏大哭，如喪了親生父母一般，問到他墓下拜奠了。就請舊日尼院中各眾，在墓前建起水陸道場三晝夜，以報大恩。王氏還不忘經典，自家也在裡頭持誦。事畢，同眾尼再到院中。崔俊臣出宦資厚贈了院主。王氏又念昔日朝夜禱祈觀世音暗中保佑，幸得如願，夫婦重諧，出白金十兩，留在院主處為燒香點燭之費。不忍忘院中光景，立心自此長齋，念觀音不輟，以終其身。當下別過眾尼，自到真州寧家，另日赴京補官，這是後事，不必再題。

此本話文，高公之德，崔尉之誼，王氏之節，皆是難得的事。各人存了好心，所以天意周全，好人相逢。畢竟冤仇盡報，夫婦重完，此可為世人之勸。詩云：

王氏藏身有遠圖，間關※42到底得逢夫。
舟人妄想能同志，一月空將新婦呼。

又詩云：

✦元代畫家趙孟頫筆下的魚籃觀音。

芙蓉本似美人妝，何意飄零在路傍？
畫筆詞鋒能巧合，相逢猶自墨痕香。

又有一首讚嘆御史大夫高公云：

高公德誼薄雲天，能結今生未了緣。
不使初時輕逗漏，致今到底得團圓。
芙蓉畫出原雙蒂，萍藻浮來亦共聯。
可惜白楊堪作柱，空教灑淚及黃泉。

註

※43 間關：原指道路崎嶇難行，此指歷經幾番曲折。

第三十八卷　趙縣君喬送黃柑子

覰※1色相悅人之情，個中原有眞緣分。
只因無假不成眞，就裡藏機不可問。
少年鹵莽浪貪淫，等閒踹入風流陣。
饅頭不喫惹身羶※2，世俗傳名紮火囤※3。

聽說世上男貪女愛，謂之風情。只這兩個字，害的人也不淺、送的人也不少。其間又有奸詐之徒，就在這些貪愛上面，想出個奇巧題目來。做自家妻子不著，裝成圈套，引誘良家子弟，詐他一個小富貴，謂之「紮火囤」。若不是識破機關，硬浪的郎君，十個著了九個道兒。

記得有個京師人，靠著老婆喫飯的，其妻塗脂抹粉，慣賣風情，挑逗那富家郎君。到得上了手的，約會其夫，只做撞著，要殺要剮，直等出財買命，饜足方休。被他弄得也不止一個了。

清代畫作，描繪在花園裡聚會的女子們。（圖片來源、攝影：Metropolitan Museum of Art ）

有一個潑皮子弟深知他行徑，佯為不曉，故意來纏。其妻與了他些甜頭，勾引他上手，正在床裡作樂，其夫打將進來。別個著了忙的，定是跳下床來，尋躲避去處。怎知這個人不慌不忙，且把他妻子摟抱得緊緊的，不放一些寬鬆。伏在肚皮上大言道：「不要嚷亂！等我完了事再講。」其妻子殺豬也似喊起來，亂顛亂推，只是不下來。其夫進了門，揎起帳子，喊道：「幹得好事！要殺！要殺！」將著刀背放在頸子上，捩※4了一捩，卻不下手。潑皮道：「不必作腔，要殺就請殺。小子固然不當，也是令正※5約了來的。死便死做一處，做鬼也風流，終不然獨殺我一個不成？」其夫果然不敢動手，放下刀子，拿起一個大桿杖來，喝道：「權寄顆驢頭在頸上，我且痛打一回。」一下子打來，那潑皮溜撒※6，急把其妻翻過來，早在臀脊上受了一杖。其妻又喊道：「是我，是我！不要錯打了！」潑皮道：「打也不錯，也該受一杖兒。」其夫假勢頭已過，早已發作不出了。潑皮道：「老兄放下性子，小子是個中人※7，我與你熟商量。你要兩人齊殺，你嫂子是搖錢樹，料不

註

※1覩：同今睹字，是睹的異體字。
※2饅頭不喫惹身羶：比喻不但得不到好處，還惹了麻煩。
※3紮火囤：明代流氓以色情訛詐人的手段，即「仙人跳」。
※4捩：讀作「列」。扭轉。（《中華民國教育部重編國語辭典修訂本》解釋）
※5令正：古代稱嫡妻爲「正室」，故稱他人的妻子爲「令正」。
※6溜撒：動作靈敏。
※7個中人：知曉內情的人。

捨得。若拋得到官，只是和奸。這番打破機關，你那營生弄不成了。不如你捨著嫂子與我往來，我公道使些錢鈔，幫你買煤買米。若要紮火囤，別尋個主兒弄弄，須靠我不著的。」一夫見說出海底眼※8，無計可奈，沒些收場，只得住了手，倒縮了出去。潑皮起來，從容穿了衣服，對著婦人叫聲：「聒噪。」搖搖擺擺竟自去了。正是：

強中更有強中手，得便宜處失便宜。

恰是富家子弟郎君，多是嬌嫩出身，誰有此潑皮膽氣、潑皮手段！所以著了道兒。宋時向大理※9的衙內向士肅，出外拜客，喚兩個院長相隨，到軍將橋，遇個婦人，鬢髮蓬鬆，涕泣而來。一個武夫，著青紵絲袍，狀如將官，帶劍牽驢，執著皮鞭，一頭走一頭罵那婦人，或時將鞭打去，怒色不可犯。隨後就有健卒十來人，抬著幾杠箱籠，且是沉重，跟著同走。街上人多立駐看他，也有說的，也有笑的。士肅不知其故，方在疑訝，兩個院長笑道：「這番經紀※10做著了。」士肅問道：「怎麼解？」院長道：「男女們也試猜，未知端的。衙內要知備細，容打聽的實來

明畫家周臣《流氓圖卷》（局部），圖中描繪一個戴手套乞討的職業無賴。

回話。」去了一會，院長來了，回說詳細。

元來浙西一個後生官人，到臨安赴銓試※11，在三橋黃家客店樓上下著。每下樓出入，見小房青簾下有個婦人行走，姿態甚美。撞著了多次，心裡未免欣動。問那送茶的小童道：「簾下的是店中何人？」小童攢著眉頭道：「店中被這婦人累了三年了。」官人驚道：「卻是為何？」小童道：「前歲一個將軍帶著這個婦人，說是他妻子，要住個潔淨房子。住了十來日，就要到那裡進府去，留這妻子守著房臥行李，說道去半個月就好回來。自這一去，杳無信息。起初婦人自己盤纏，後來用得沒有了，苦央主人家說：『賒了吃時，只等家主回來算還。』主人辭不得，一日供他兩番，而今多時了，也供不起了。只得替他募化著同寓這些客人，輪次供他，也不是常法，不知幾時才了得這業債。」◎1

官人聽得滿心歡喜，問道：「我要見他一見，使得麼？」小童道：「是好人家妻子，丈夫又不在，怎肯見人？」官人道：「既缺衣食，我尋些吃口物事送他，使得麼？」小童道：「這個使得。」

註

※8海底眼：玄機；秘密。
※9大理：古代官名。大理寺卿的簡稱，執掌刑罰的中央審查機構。
※10經紀：做生意。
※11銓試：以身、言、書、判四個項目選擇專業的人才，然後授予合適的官職。

眉批

◎1：豈知非店家業債，乃此官人業債耶！（即空觀主人）

官人急走到街上茶食大店裡，買了一包蒸酥餅，一包果餡餅，在店家討了兩個盒兒裝好了，叫小童送去。說道：「樓上官人聞知娘子不方便，特意送此點心。」婦人受了，千恩萬謝。明日婦人買了一壺酒，裝著四個菜碟，叫小童來答謝，官人也受了。自此一發注意不捨。隔兩日又買些物事相送，婦人也如前買酒來答。◎2官人即燙其酒來喫，筐內取出金杯一隻，滿斟著一杯，叫茶童送下去，道：「樓上官人奉勸大娘子。」婦人不推，喫乾了。茶童覆命，官人又斟一杯下去，說：「官人多致意娘子，出外之人不要喫單杯。」婦人又喫了。官人又叫茶童下去，致意道：「官人多謝娘子不棄，喫了他兩杯酒，官人不好下來自勸，意欲奉邀娘子上樓，親獻一杯如何？」往返兩三次，婦人不肯來，官人只得把些錢來買囑茶童道：「是必要你設法他上來見見。」茶童見了錢，歡喜起來，又去說風說水※12道：「娘子受了兩杯，也該去回敬一杯。」被他一把拖了上來，道：「娘子來了。」官人沒眼得看。婦人道了個萬福※13。官人急把酒斟了，唱個肥喏※14，親手遞一杯過來，道：「承蒙娘子見愛，滿飲此杯。」婦人接過手來，一飲而乾，把杯放在桌上。官人看見杯內還有餘瀝，拿過來吮嘬個不歇，婦人看見，嘻的一笑，急急走了下去。官人看見情態可動，厚贈小童，叫他做著牽頭，時常弄他上樓來飲酒。以後便留同坐，漸不推辭，不像前日走避光景了。眉來眼去，彼此動情，勾搭上了手。然只是日裡偷做一二，

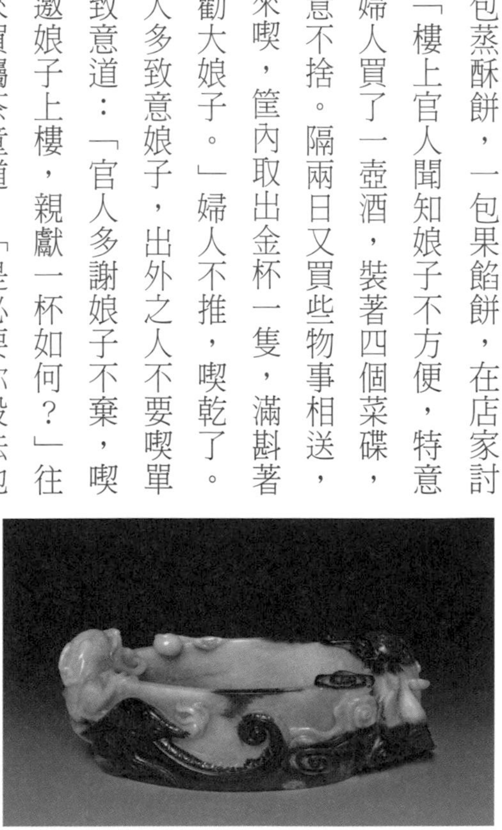

明代的玉製碟子。（圖片來源：Cleveland Museum of Art）

晚間隔開，不能同宿。

如此兩月有餘。婦人道：「我日日自下而升，人人看見，畢竟免不得起疑。官人何不把房遷了下來？與奴相近，晚間便好相機同宿了。」官人大喜過望，立時把樓上囊橐※15搬下來，放在婦人間壁一間房裡，推說：「樓上有風，睡不得，所以搬了。」晚間虛閉著房門，竟在婦人房裡同宿。自道是此樂即並頭之蓮、比翼之鳥，無以過也。纔得兩晚，一日早起，尚未梳洗，兩人正自促膝而坐，只見外邊店裡一個長大漢子，大踏步踹將進來，大聲道：「娘子那裡？」驚得婦人手腳忙亂，面如土色，慌道：「壞了！壞了！吾夫來了！」那官人急閃了出來，已與大漢打了照面。大漢見個男子在房裡走出，不問好歹，一手揪住婦人頭髮，喊道：「幹得好事！幹得好事！」提起醋缽大的拳頭只是打。那官人慌了，脫得身子，顧不得甚麼七長八短，急從後門逃了出去。剩了行李囊資，盡被大漢打開房來，席捲而去。適纔十來個健卒扛著的箱籠，多是那官人房裡的了。他恐怕有人識破，所以還裝著丈夫打罵妻子模樣走路。其實婦人、男子、店主、小童，總是一夥人也。

註

※12說風說水：從旁鼓動、煽動。

※13萬福：古代婦女行拜手禮時，多口稱萬福，後因沿稱行拜手禮爲萬福。

※14唱個肥喏：作揖時鞠躬較深且口中稱謝，表示對對方的敬重。

※15囊橐：行李財物。

眉批

◎2：買酒菜之本又自何出？（即空觀主人）

士肅聽罷道：「那裡這樣不睹事[16]的少年，遭如此圈套？可恨！可恨！」後來常對親友們說此目見之事，以為笑話。雖然如此，這還是到了手的，便棃了東西去，也還得了些甜頭兒。更有那不識氣的小二哥[17]，不曾沾得半點滋味，也被別人弄了一番手腳，折了偌多本錢，還悔氣哩！正是：

美色他人自有緣，從傍何用苦垂涎。
請君只守家常飯，不害相思不損錢。

話說宣教郎[18]吳約，字叔惠，道州[19]人，兩任廣右官。自韶州[20]錄曹赴吏部磨勘[21]。宣教家本饒裕，又兼久在南方，珠翠香象，蓄積奇貨頗多，盡帶在身邊隨行，作寓在清河坊客店。因吏部引見留滯，時時出遊伎館，衣服鮮麗，動人眼目。客店相對有一小宅院，門首掛著青簾，簾內常有個婦人立著，看街上人做買賣。宣教終日在對門，未免留意體察。時時聽得他嬌聲媚語，在裡頭說話。又有時露出雙足在簾外來，一彎新筍，著實可觀。只不曾見他面貌如何，心下惶惑不定，恨不得走過去，揎開簾子一看，再無機會。那簾內或時巧囀鶯喉，唱一兩句詞兒。仔細聽那兩句，卻是：

明代剔犀劍環紋漆盒。（圖片來源：Metropolitan Museum of Art）

柳絲只解風前舞，悄繫惹那人不住。

雖是也間或唱著別的，只是這兩句為多。想是喜歡此二語，又想是他有甚麼心事。宣教但聽得了，便跌足歎賞道：「是在行得緊※22，世間無此妙人。◎3想來必定標緻，可惜未能勾一見！」懷揣著個提心吊膽，魂靈多不知飛在那裡去了。

一日，正在門首坐地，呆呆的看著對門簾內。忽有個經紀，挑著一籃永嘉黃柑子過門。宣教叫住，問道：「這柑子可要博※23的？」經紀道：「小人正待要博兩文錢使使，官人作成※24則個。」宣教接將頭錢過來，往下就撲。那經紀蹲在柑子籃

註

※16不睹事：不懂事。
※17小二哥：此處指年輕的男子。
※18宣教郎：宋代官名，迪功郎的另一種稱呼。
※19道州：古代地名。今河南道縣。
※20韶州：古代地名。今廣東省韶關、樂昌等地。
※21磨勘：古代考核官員的成績，提升官位或調動的制度。
※22在行得緊：此指女子很懂得唱歌。
※23博：賭博。宋時小販會用擲銅錢、搖簽等方式與客人賭博，稱爲「撲賣」或者「博賣」，客人贏了可以用很少的錢買到水果，輸了只能付高於市價的錢或是什麼也買不到。
※24作成：成全。

眉批

◎3：便非好舉止，當局自迷耳。（即空觀主人）

邊，一頭拾錢，一頭數數。怎當得宣教一邊撲，一心牽掛著簾內那人在裡頭看見，沒心沒想的拋下去，何止千撲，再撲不成一個渾成※25來。算一算輸了一萬錢。宣教還是做官人心性，不覺兩臉通紅，恨的一聲道：「壞了我十千錢，一個柑不得到口，可恨！可恨！」欲待再撲，恐怕撲不出來，又要貼錢；欲待住手，輸得多了，又不甘伏。

正在歎恨間，忽見個青衣童子，捧一個小盒，在街上走進店內來。你道那童子生得如何：

短髮齊眉，長衣拂地。滴溜溜一雙俊眼，也會撩人。黑洞洞一個深坑，盡能害客。癡心偏好，反言勝似妖嬈；拗性酷貪，還是圖他撇脫。身上一團孩子氣，獨聳孤陽；腰間一道木樨※26香，合成眾唾。

向宣教道：「官人借一步說話。」宣教引到僻處，小童出盒道：「趙縣君※27奉獻官人的。」宣教不知是那裡說起，疑心是錯了，且揭開盒子來看一看，元來正

宣教一邊撲，一心牽掛著簾內那人在裡頭看見。（古版畫，選自《今古奇觀》明末吳郡寶翰樓刊本。）

是永嘉黃柑子十數個。◎4宣教道：「你縣君是那個？與我素不相識，為何忽地送此？」小童用手指著對門道：「我縣君即是街南趙大夫的妻室。適在簾間看見官人撲柑子，折了本錢，不曾嘗得他一個，有些不快活。縣君老大不忍，偶然藏得此數個，故將來送與官人見意。縣君道：『可惜只有得這幾個，不能勾多，官人不要見笑。』」宣教道：「多感縣君美意。你家趙大夫何在？」小童道：「大夫到建康探親去了，兩個月還未回來，正不知幾時到家？」宣教聽得此話，心裡想道：「他有此美情，況且大夫不在，必有可圖，◎5煞是好機會！」連忙走到臥房內，開了篋取出色彩二端※28來，對小童道：「多謝縣君送柑，客中無可奉答，小小生活※29二疋，伏祈笑留。」小童接了，走過對門去。

須臾，又將這二端來還，上覆道：「縣君多多致意，區區幾個柑子，打甚麼不緊的事，要官人如此重酬？決不敢受。」宣教道：「若是縣君不收，是羞殺小生了，連小生黃柑也不敢領。你依我這樣說去，縣君必收。」小童領著言語對縣君說

註

※25渾成：古代的賭博一種形式。擲出六枚或八枚銅錢，皆是正面或反面。
※26木樨：桂花。
※27縣君：此處指高級官員妻子的稱謂。
※28端：古代布帛的長度單位。
※29生活：物品。

眉批

◎4：與不期多寡，期於當阨，此之謂也。（即空觀主人）
◎5：木必先蠹也，而後蟲生之。（即空觀主人）

去，此番果然不辭了。

明日，又見小童拿了幾瓶精緻小菜走過來道：「縣君昨日蒙惠過重，今見官人在客邊，恐怕店家小菜不中吃，手製此數瓶送來奉用。」宣教見這般知趣著人，必然有心於他了，好不徯幸※30。想道：「這童子傳來傳去，想必在他身旁講得話做得事的，好歹要在他身上圖成這事，不可怠慢了他。」急叫家人去買些魚肉果品之類，盪了酒來與小童對酌。小童道：「小人是趙家小廝，怎敢同官人坐地？」宣教道：「好兄弟，你是縣君心腹人兒，我怎敢把你做等閒廝覷！放心飲酒。」小童告過無禮，喫了幾杯，早已臉紅，道：「喫不得了。若醉了，縣君須要見怪，打發我去罷。」宣教又取些珠翠花朵之類，答了來意，付與小童去了。

隔了兩日，小童自家走過來頑耍，宣教又買酒請他。酒間與他說得入港，宣教便道：「好兄弟，我有句話兒問你，你家縣君多少年紀了？」小童道：「過新年才廿三歲，是我家主人的繼室。」宣教道：「模樣生得如何？」小童搖頭道：「沒正經！早是沒人聽見，怎把這樣說話來問？生得如何，便待怎麼？」宣教道：「總是沒人在此，說話何妨？我既與他送東送西，往來了兩番，也須等我曉得他是長是短的。」小童道：「說著我縣君容貌，真個是世間少比，想是天仙裡頭摘下來的。除了畫圖上仙女，再沒見這樣第二

宋代的陶瓷酒壺。（圖片來源：Cleveland Museum of Art）

個。」

宣教道：「好兄弟，怎生得見他一見？」小童道：「這不難。等我先把簾子上的繫帶解鬆了，你明日只在對門，等他到簾子下來看的時節，我把簾子揎將出來，揎得重些，繫帶散了，簾子落了下來，他一時回避不及，可不就看見了？」宣教道：「我不要是這樣見。」小童道：「要怎的見？」宣教道：「我要好好到宅子裡拜見一拜見，謝他平日往來之意，方稱我願。」小童道：「這個知他肯不肯？我不好自專得。官人有此意，待我回去稟白一聲，好歹討個回音來覆官人。」宣教又將銀一兩送與小童，叮囑道：「是必要討個回音。」

去了兩日，小童復來說：「縣君聞得要見之意，說道：『既然官人立意惓切，就相見一面也無妨。只是非親非故，不過因對門在此，禮物往來得兩番，沒個名色，遽然相見，恐怕惹人議論。』是這等說。」宣教道：「也是，也是。怎生得個名色？」想了一想道：「我在廣裡帶來得許多珠寶在此，最是女人用得著的。我只做當面送物事來與縣君看，把此做名色，相見一面如何？」小童道：「好倒好，也要去對縣君說過，許下方可。」小童又去了一會，來回言道：「縣君說：『使便使

註

※30 徯幸：希望；覬覦

得，只是在廳上見一見，就要出去的。』」宣教道：「這個自然，難道我就挨住在宅裡了不成？」小童笑道：「休得胡說！快隨我來。」宣教大喜過望。整一整衣冠，隨著小童三腳兩步走過趙家前廳來。

小童進去稟知了，門響處，宣教望見縣君打從裡面從從容容走將出來。但見：

衣裳楚楚，珮帶飄飄。大人家舉止端詳，沒有輕狂半點；小年紀面龐嬌嫩，並無肥重一分。清風引出來，道不得雲是無心之物；好光挨上去，眞所謂容是誨淫之端。犬兒雖已到籬邊，天鵝未必來溝裡。

宣教看見縣君走出來，眞個如花似玉，不覺的滿身酥麻起來，急急趨上前去唱個肥喏，口裡謝道：「屢蒙縣君厚意，小子無可答謝，惟有心感而已。」縣君道：「惶愧，惶愧。」宣教忙在袖裡取出一包珠玉來，捧在手中道：「聞得縣君要換珠寶，小人隨身帶得有些，特地過來面奉與縣君揀擇。」一頭說，一眼看，只指望他伸手來接。誰知縣君立著不動，呼喚小童接了過來，口裡道：「容看過議價。」只說了這句，便抽身往裡面走了進去。◎6

宣教雖然見了一見，並不曾說得一句掉俏※31的說話，心裡猾猾突突※32，沒些意思走了出來。到下處，想著他模樣行動，歎口氣道：「不見時猶可，只這一番相見，定害殺了小生也！」以後遇著小童，只央及他設法再到裡頭去見見，無過把珠寶做因頭，前後也曾會過五六次面，只是一揖之外，再無他詞。顏色莊嚴，毫不可犯，等閒不曾笑了一笑，說了一句沒正經的話。那宣教沒入腳處，越越的心魂撩亂，注戀不捨了。

那宣教有個相處的粉頭，叫做丁惜惜，甚是相愛的。只因想著趙縣君，把他丟在腦後了，許久不去走動。丁惜惜邀請了兩個幫閒的再三來約宣教，叫他到家裡走走。宣教一似掉了魂的，那裡肯去？被兩個幫閒的不由分說，強拉了去。丁惜惜相見，十分溫存，怎當得吳宣教一些不在心上。丁惜惜撒嬌撒癡了一會，免不得擺上東道來。宣教只是心不在焉光景，丁惜惜唱個歌兒嘲他道：

俏冤家，你當初纏我怎的？到今日又丟我怎的？丟我時頓忘了纏我意。纏我又丟我，丟我去纏誰？似你這般丟人也，少不得也有人來丟了你！

當下吳宣教沒情沒緒，喫了兩杯。一心想著趙縣君生得十分妙處，看了丁惜

註

※31掉俏：賣弄俏皮。
※32猾猾突突：心情雜亂。

眉批

◎6：偏作莊嚴，使人可死。（即空觀主人）

惜，有好些不像意起來。卻是身既到此，沒及奈何，只得勉強同惜惜上床睡了。雖然少不得幹著一點半點兒事，也是想著那個，借這個出火的。雲雨已過，身體疲倦。正要睡去，只見趙家小童走來道：「縣君特請宣教敘話。」宣教聽了這話，急忙披衣起來，隨著小童就走。小童領了竟進內室，只見趙縣君雪白肌膚，脫得赤條條的眠在床裡，專等吳宣教來。小童把吳宣教盡力一推，推進床裡。吳宣教喜不自勝，騰的翻上身去，叫一聲：「好縣君，快活殺我也！」用得力重了，一個失腳，跌進裡床，喫了一驚醒來，見惜惜睡在身邊，朦朧之中，還認做是趙縣君，仍舊跨上身去。丁惜惜也在睡裡驚醒道：「好饞貨！怎不好好的，做出這個極模樣！」吳宣教直等聽得惜惜聲音，方記起身在丁家床上，適纔是夢裡的事，連自己也失笑起來。丁惜惜再四問：「你心上有何人，以致七顛八倒如此？」宣教只把閒話支吾，不肯說破。到了次日，別了出門。自此以後，再不到丁家來了。無晝無夜，一心只癡想著趙縣君，思量尋機會挨光※33。

清代畫家殷奇描繪的男女情事，選自殷奇《春宮圖冊》。（圖片來源：Museum of Fine Arts, Boston）

忽然一日，小童走來道：「一句話對官人說，明日是我家縣君生辰，官人既然與縣君往來，須辦些壽禮去與縣君作賀一作賀，覺得人情面上愈加好看。」宣教喜道：「好兄弟，虧你來說，你若不說，我怎知道？這個禮節最是要緊，失不得的。」亟※34將綵帛二端封好，又到街上買些時鮮果品、雞鴨熟食各一盤、酒一樽，配成一副盛禮，先令家人一同小童送了去，說：「明日虔誠拜賀。」小童領家人去了。趙縣君又叫小童來推辭了兩番，然後受了。

明日起來，吳宣教整肅衣冠到趙家來，定要請縣君出來拜壽。趙縣君也不推辭，盛裝出到前廳，比平日更齊整了。吳宣教沒眼得看，足恭下拜。趙縣君慌忙答禮，口說道：「奴家小小生朝，何足掛齒？卻要官人費心賜此厚禮，受之不當！」宣教道：「客中乏物為敬，甚愧菲薄。縣君如此致謝，反令小子無顏。」縣君回顧小童道：「留官人喫了壽酒去。」宣教聽得此言，不勝之喜，道：「既留下吃酒，必有光景了。」誰知縣君說罷，竟自進去。宣教此時如熱地上螞蟻，不知是怎的纔是。又想那縣君如設帳※35的方士※36，不知葫蘆裡賣甚麼藥出來。呆呆的坐著，一

註

※33挨光：瞞著丈夫或妻子與人幽會。
※34亟：緊急、急切。
※35設帳：指設館授徒。
※36方士：研究法術的人。

眼望著內裡。

須臾之間，兩個走使的男人，抬了一張桌兒，揩抹乾淨。小童從裡面捧出攢盒酒果來，擺設停當，掇張椅兒請宣教坐。宣教輕輕問小童道：「難道沒個人陪我？」小童也輕輕道：「縣君就來。」宣教且未就坐，還立著徘徊之際，小童指道：「縣君來了。」果然趙縣君出來，雙手纖纖捧著杯盤，來與宣教安席，道了萬福，說道：「拙夫不在，沒個主人做主，誠恐有慢貴客，奴家只得冒恥奉陪。」宣教大喜道：「過蒙厚情，何以克當？」在小童手中，也討個杯盤來與縣君回敬。安席了，兩下坐定。

宣教心下只說此一會必有眉來眼去之事，便好把幾句說話撩撥他，希圖成事。誰知縣君意思雖然濃重，容貌卻是端嚴。除了請酒請饌之外，再不輕說一句閒話。宣教也生煞煞的浪開不得閒口，便宜得飽看一回而已。酒行數過，縣君不等宣教告止，自立起身道：「官人慢坐，奴家家無夫主，不便久陪，告罪則個。」吳宣教心裡恨不得伸出兩隻臂來，將他一把抱著，卻不好強留得他，眼盼盼的看他洋洋走了進去。宣教一場掃興。裡邊又傳話出來，叫小童送酒。宣教自覺獨酌無趣，只得分付小童多多上覆縣君，厚擾不當，容日再謝。慢慢地踱過對門下處來。真是一點甜糖抹在鼻頭上，只聞得香，卻䑛※37不著，心裡好生不快。有〈銀絞絲〉一首為證：

前世裡冤家，美貌也人，挨光已有二三分。好溫存，幾番相見意殷勤。眼兒落得穿，何曾近得身？鼻凹中糖味，那有唇兒分？一個清白的郎君，發了也昏。我的天那！陣魂迷，迷魂陣。

是夜，吳宣教整整想了一夜，躊躇道：「若說是無情，如何兩次三番許我會面，又留酒，又肯相陪？若說是有情，如何眉梢眼角不見些些光景？只是恁等板板※38地往來，有何了結？◎7思量他每常簾下歌詞，畢竟通知文義。且去討討口氣，看看他如何回我？」算計停當，次日起來，急將西珠十顆，用個沉香盒子盛了，取一幅花箋，寫詩一首在上。詩云：

心事綿綿欲訴君，洋珠顆顆寄殷勤。
當時贈我黃柑美，未解相如渴半分。

寫畢，將來同放在盒內，用個小記號圖書印，封皮封好了。忙去尋那小童

註

※37餂：讀作「舔」。誘騙。
※38板板：形容表情冷淡。

眉批

◎7：無情有情之間，正可參破機關矣，而墮其術者不覺。（即空觀主人）

過來，交付與他道：「多拜上縣君，昨日承蒙厚款，些些小珠奉去添妝，不足為謝。」小童道：「當得拿去。」宣教道：「還有數字在內，須縣君手自拆封，萬勿漏泄則個。」小童笑道：「我是個有柄兒的紅娘，替你傳書遞簡。」宣教道：「好兄弟，是必替我送送，倘有好音，必當重謝。」小童道：「我縣君詩詞歌賦，最是精通，若有甚話寫去，必有回答。」宣教道：「千萬在意！」小童說：「不勞分付，自有道理。」

小童去了半日，笑嘻嘻的走將來道：「有回音了。」袖中拿出一個碧甸匣來遞與宣教，宣教接上手看時，也是小小花押封記著的。宣教滿心歡喜，慌忙拆將開來，中又有小小紙封裹著青絲髮二縷，挽著個同心結兒，一幅羅紋箋上，有詩一首。詩云：

好將鬒髮付并刀※39，祇恐經時失俊髦。
妾恨千絲差可擬，郎心雙挽莫空勞。

末又有細字一行，云：

原珠奉璧，唐人云：「何必珍珠慰寂寥」

日本江戶時代畫家窪俊滿《唐美人圖》。（圖片來源：Cleveland Museum of Art ）

也。

宣教讀罷，跌足大樂，對小童道：「好了！好了！細詳詩意，縣君深有意於我了。」小童道：「我不懂得，可解與我聽？」宣教道：「他剪髮寄我，詩裡道要挽住我的心，豈非有意？」小童道：「既然有意，為何不受你珠子！」宣教道：「這又有一說，只是一個故事在裡頭。」小童道：「甚故事？」宣教道：「當時唐明皇寵了楊貴妃，把梅妃江采蘋貶入冷宮。後來思想他，懼怕楊妃不敢去，將珠子一封私下賜與他。梅妃拜辭不受，回詩一首，後二句云：『長門※40盡日無梳洗，何必珍珠慰寂寥？』今縣君不受我珠子，卻寫此一句來，分明說你家主不在，他獨居寂寥，不是珠子安慰得的，卻不是要我來伴他寂寥麼？」小童道：「果然如此，官人如何謝我？」宣教道：「惟卿所欲。」小童道：「縣君既不受珠子，何不就送與我了？」宣教道：「珠子雖然回來，卻還要送去，我另自謝你便是。」宣教箱中去取通天犀簪一枝，海南香扇墜二個，將出來送與小童道：「權為寸敬，事成重謝。這

註

※39并刀：山西并州（今山西太原）出產的剪刀。
※40長門：冷宮。漢武帝時，陳皇后失去聖寵所居之處。

珠子再煩送一送去，我再附一首詩在內，要他必受。」詩云：

往來珍珠不用疑，還珠垂淚古來痴。
知音但使能欣賞，何必相逢未嫁時？

宣教便將一幅冰綃帕寫了，連珠子付與小童。小童看了笑道：「這詩意，我又不曉得了。」宣教道：「也是用著個故事。唐張籍※41詩云：『還君明珠雙淚垂，恨不相逢未嫁時。』今我反用其意，說道：『只要有心，便是嫁了何妨？』你縣君若有意於我，見了此詩，此珠必受矣。」小童笑道：「元來官人是偷香※42的老手。」宣教也笑道：「將就看得過。」小童拿了，一徑自去，此番不見來推辭，想多應受了。宣教暗自喜歡，只待好音。丁惜惜那裡時常叫小二來請他走走，宣教好一似朝門外候旨的官，惟恐不時失誤了宣召，那裡敢移動半步？

忽然一日傍晚，小童笑嘻嘻的走來道：「縣君請官人過來說話。」宣教聽罷，忖道：「平日只是我去挨光，才設法得見面，並不是他著人來請我的。這番卻是先叫人來相邀，必有光景。」因問小童道：「縣君適纔在那裡？怎

日本戰國時代畫家狩野永德的屏風畫作《唐玄宗楊貴妃遊園圖》。

生對你說叫你來請我的？」小童道：「適纔縣君在臥房裡，卸了妝飾，重新梳裹過了，叫我進去，問說：『對門吳官人可在下處否？』我回說：『他這幾時只在下處，再不到外邊去。』縣君道：『既如此，你可與我悄悄請過來，竟到房裡來相見，切不可驚張。』如此分付的。」宣教不覺踴躍道：「依你說來，此番必成好事矣！」小童道：「我也覺得有些異樣，決比前幾次不同。只是一件，我家人口頗多，耳目難掩。日前只是體面上往來，所以外觀不妨。今卻要到內室裡去，須瞞不得許多人。就是悄著些，是必有幾個知覺，露出事端，彼此不便，須要商量。」宣教道：「你家中事體，我怎生曉得備細？須得你指引我道路，應該怎生才妥？」小童道：「常言道：『有錢使得鬼推磨。』世上那一個不愛錢的？你只多把些賞賜分送與我家裡人了，我去調開了他每。他每各人心照，自然躲開去了，任你出入，就有撞見的也不說破了。」宣教道：「說得甚是有理，真可以築壇拜將。你前日說我是偷香老手，今日看起來，你也像個老馬泊六※43了。」小童道：「好意替你計較，

註

※41張籍：字文昌，唐代烏江（今安徽省和縣東北）人。唐貞元年間中進士，官至國子監司業。擅長樂府詩，著有《張司業詩》。
※42偷香：典故出自劉義慶《世說新語．惑溺》。晉代時賈充的女兒與韓壽通奸，還將武帝所賜賈充的西域奇香贈與韓壽，此事被賈充拆穿，便將女兒嫁給韓壽。後用以指男女幽會、私通。
※43馬泊六：指撮合男女通奸、幽會的人。也作「馬伯六」、「馬百六」。

休得取笑！」當下吳宣教拿出二十兩零碎銀兩，付與小童說道：「我須不認得宅上甚麼人，煩你與我分派一分派，是必買他們盡皆口靜方妙。」小童道：「這個在我，不勞分付。我先行一步，停當了眾人，看個動靜，即來約你同去。」宣教道：「快著些個。」小童先去了，吳宣教急揀時樣濟楚※44衣服，打扮得齊整。真個賽過潘安，強如宋玉。眼巴巴只等小童到來，即去行事。正是：

羅綺層層稱體裁，一心指望赴陽臺。
巫山神女雖相待，雲雨寧知到底諧？

說這宣教坐立不定，只想赴期。須臾，小童已至，回覆道：「眾人多有了賄賂，如今一去，徑達寢室，毫無阻礙了。」宣教不勝歡喜，整一整巾幘，灑一灑衣裳，隨著小童便走過了對門。不由中堂，在旁邊一條弄裡轉了一兩個彎曲，已到臥房之前。只見趙縣君懶梳妝模樣，早立在簾兒下等候。見了宣教，滿面堆下笑來，全不比日前的莊嚴了。開口道：「請官人房裡坐地。」一個丫鬟掀起門簾，縣君先走了進房，宣教隨後入來。只是房裡擺設得精緻，爐中香煙馥郁，案上酒肴齊列。宣教此時蕩了三魂，失了六魄，不知該怎麼樣好，◎8只得低聲柔語道：「小子有何德能，過蒙縣君青盼如此？」縣君道：「一向承蒙厚情，今良宵無事，不揣特請官人清話片晌，別無他說。」宣教道：「小子客居旅邸，縣君獨守清閨，果然兩處寂寥。每遇良宵，不勝懷想。前蒙青絲之惠，小子緊繫懷袖，勝如貼肉。今蒙寵召，小子所望，豈在酒食之類哉？」縣君微笑道：「休說閒話，且自飲酒。」

宣教只得坐了，縣君命丫鬟一面斟下熱酒，自己舉杯奉陪。

宣教三杯酒落肚，這點熱團團興兒直從腳跟下冒出天庭來，那裡按納得住？面孔紅了又白，白了又紅。箸子也倒拿了，酒盞也潑翻了，手腳都忙亂起來。覷個丫鬟走了去，連忙走過縣君這邊來，跪下道：「縣君可憐見，急救小子性命則個！」縣君一把扶起道：「且休性急！◎9妾亦非無心者，自前日傳柑之日，便覺鍾情於子。但禮法所拘，不敢自逞。今日久情深，清夜思動，愈難禁制。冒禮忘嫌，願得親近。既到此地，決不教你空回去了。略等人靜後，從容同就枕席便了。」宣教道：「我的親親的娘！既有這等好意，早賜一刻之歡，也是好的。叫小子如何忍耐得住？」縣君笑道：「怎恁地饞得緊？」即喚丫鬟們快來收拾。

未及一半，只聽得外面喧嚷，似有人喊馬嘶之聲，漸漸近前堂來了。宣教方在神魂蕩颺之際，恰像身子不是自己的，雖然聽得有些詫異，沒工夫得疑慮別的，還

註

※44濟楚：整潔漂亮。

眉批

◎8：此境若眞，原可銷魂。（即空觀主人）
◎9：急來緩受。（即空觀主人）

只一味痴想。忽然一個丫鬟慌慌忙忙撞進房來，氣喘喘的道：「官人回來了！官人回來了！」縣君大驚失色道：「如何是好？快快收拾過了桌上的！」即忙自己幫著搬得桌上罄淨。宣教此時任是奢遮膽大※45的，不由得不慌張起來，道：「我卻躲在那裡去？」縣君也著了忙道：「外邊是去不及了。」引著宣教的手，指著床底下道：「權躲在裡面去，勿得做聲！」宣教思量走了出去便好，又恐不認得門路，撞著了人。左右看著房中，卻別無躲處。一時慌促，沒計奈何，只得依著縣君說話，望著床底一鑽，顧不得甚麼塵灰齷齪。且喜床底寬闊，戰陡陡※46的蹲在裡頭，不敢喘氣。一眼偷覷著外邊，那暗處望明處，卻見得備細。

看那趙大夫大踏步走進房來，口裡道：「這一去不覺好久，家裡沒事麼？」縣君著了忙的，口裡牙齒捉對兒廝打著，回言道：「家……家……家裡沒事。你……你……你如何今日才來？」大夫道：「家裡莫非有甚事故麼？如何見了我舉動慌張，語言失措，做這等一個模樣？」縣君道：「沒……沒……沒甚事故。」大夫對著丫鬟問道：「縣君卻是怎的？」丫鬟道：

◆未及一半，只聽得外面喧嚷，似有人喊馬嘶之聲，漸漸近前堂來了。（古版畫，選自《今古奇觀》明末吳郡寶翰樓刊本。）

「果……果……果然沒有甚麼怎……怎……怎的。」宣教在床下著急，恨不得替了縣君、丫鬟的說話，只是不敢爬出來。大夫遲疑了一回道：「好詫異！好詫異！」縣君按定了性，才說得話兒囫圇，重復問道：「今日在那裡起身？怎夜間到此？」大夫道：「我離家多日，放心不下。今因有事在婺州※47，在此便道，暫歸來一看，明日五更就要起身過江的。」

宣教聽得此言，驚中有喜，恨不得天也許下了半邊，道：「原來還要出去，卻是我的造化也！」縣君又問道：「可曾用過晚飯？」大夫道：「晚飯已在船上喫過，只要取些熱水來洗腳。」縣君即命丫鬟安好了足盆，廚下去取熱水來傾在裡頭了。大夫便脫了外衣，坐在盆間，大肆澆洗。澆洗了多時，潑得水流滿地，一直淌進床下來。因是地板房子，鋪床處壓得重了，地板必定低些，做了下流之處。

那宣教正蹲在裡頭，身上穿著齊整衣服，起初一時急了，顧不得惹了灰塵，鑽了進去。而今又見水流來了，恐怕污了衣服，不覺的把袖子東收西斂，來避那些齷齪水，未免有些窸窸窣窣之聲。大夫道：「奇怪！床底下是甚麼響？敢是蛇鼠之

註

※45奢遮膽大：此指膽大包天。
※46戰陡陡：同「顫抖抖」。
※47婺州：古代州名。治所在金華縣（今浙江省金華市）。婺，讀作「物」。

類，可拿燈燭來照照。」丫鬟未及答應，大夫急急揩抹乾淨，即伸手桌子上去取燭臺過來。捏在手中，向床底下一看。不看時萬事全休，這一看，好似：

霸王初入垓心※48內，張飛剛到灞陵橋※49。

大夫大吼一聲道：「這是甚麼鳥人？躲在這底下？」縣君支吾道：「敢是個賊？」大夫一把將宣教拖出來道：「你看！難道有這樣齊整的賊？怪道方才見吾慌張，元來你在家養奸夫！我去得幾時，你就是這等羞辱門戶！」先是一掌打去，把縣君打個滿天星。縣君啼哭起來，大夫喝教眾奴僕都來。此時小童也只得隨著眾人行止。大夫叫將宣教四馬攢蹄，捆做一團。聲言道：「今夜且與我送去廂裡吊著，明日臨安府推問去！」大夫又將一條繩來，親自動手也把縣君縛住道：「你這淫婦，也不與你干休！」縣君只是哭，不敢回答一言。大夫道：「好惱！好惱！且燙酒來我喫著消悶！」從人丫鬟們多慌了，急去灶上撮哄些嗄飯，燙了熱酒拿來。大夫取個大甌，一頭吃，一頭罵。又取過紙筆，寫下狀詞，一邊寫，一邊喫酒。喫得不少了，不覺懵懵睡去。

縣君悄悄對宣教道：「今日之事固是我誤了官人，也是官人先有意向我，誰知隨手事敗。若是到官，兩個多不好了，為之奈何？」宣教道：「多蒙縣君好意相招，未曾沾得半點恩惠，今事若敗露，我這一官只當斷送在你這冤家手裡了。」縣君道：「沒奈何了，官人只是下些小心求告他。他也是心軟的人，求告得轉的。」正說之間，大夫醒來，口裡又喃喃的罵道：「小的們打起火把，快將這賊弟子孩兒※50送到廂裡去！」眾人答應一聲，齊來動手。宣教著了急，喊道：「大夫息怒，容小子一言。小子不才，忝為宣教郎，因赴吏部磨勘，寓居府上對門。蒙縣君青盼，往來雖久，實未曾分毫犯著玉體。今若到公府，罪犯有限，只是這官職有累。望乞高抬貴手，饒過小子，容小子拜納微禮，贖此罪過罷！」大夫笑道：「我是個宦門，把妻子來換錢麼？」宣教道：「今日便壞了小子微官，與君何益？不若等小子納些錢物，實為兩便。小子亦不敢輕，即當奉送五百千過來。」大夫道：「如此口輕，你一個官，我一個妻子，只值得五百千麼？」宣教聽見論量多少，便道是好處的事了，滿口許道：「便再加一倍，湊做千緡※51罷。」大夫還只是搖頭。縣君在傍哭道：「我只為買這官人的珠翠，約他來議價，實是我的不是。誰知撞著你來捉破了，我原不曾點污。今若拿這官人到官，必然扳下我來。我也免不得到官對

註

※48垓心：戰場、圍困之中。

※49灞陵橋：三國小說中張飛喝斷之橋。

※50賊弟子孩兒：罵人的話。指做見不得人勾當之事的人。

※51千緡：一千串錢。緡，讀作「民」。

理，出乖露醜，也是你的門面不雅。不如你看日前夫妻之面，寬恕了我，放了這官人罷！」大夫冷笑道：「難道不曾點污？」眾從人與丫鬟們先前是小童賄賂過的，多來磕頭討饒道：「其實此人不曾犯著縣君，只是暮夜不該來此，他既情願出錢贖罪，官人罰他重些，放他去罷。一來免累此人官職，二來免致縣君出醜，實為兩便。」縣君又哭道：「你若不依我，只是尋個死路罷了！」大夫默然了一晌，指著縣君道：「只為要保全你這淫婦，要我忍這樣髒污！」小童忙攛到宣教耳邊廂低言道：「有了口風了，快快添多些，收拾這事罷。」宣教道：「錢財好處※52，放綁要緊。手腳多麻木了。」大夫道：「要我饒你，須得二千緡錢，還只是買那官做。羞辱我門庭之事，只當不曾提起，便宜得多了。」宣教連聲道：「就依著是二千緡，好處！好處！」

大夫便喝從人，教且鬆了他的手。小童急忙走去把索子頭解開，鬆出兩隻手來。大夫叫將紙墨筆硯拿過來，放在宣教面前，叫他寫個不願當官的招伏。宣教只得寫道：「吏部候勘宣教郎吳某，只因不合闖入趙大夫內室，不願經官，情甘出錢二千貫贖罪，並無詞說。私供是實。」

趙大夫取來看過，要他押了個字。便叫放了他綁縛，只把

明代畫家仇英的畫作《繡閨綺情》，可見女子閨房的擺飾布置。

脖子拴了，叫幾個方才隨來家的戴大帽，穿一撒※53的家人，押了過對門來，取足這二千緡錢。

此時亦有半夜光景，宣教下處幾個手下人已此都睡熟了。這些趙家人個個如狼似虎，見了好東西便搶，珠玉犀象之類，狼籍了不知多少，這多是二千緡外加添的。吳宣教足足取勾了二千數目，分外又把些零碎銀兩送與眾家人，做了東道錢。眾人方纔住手。齎了東西，仍同了宣教，押到家主面前交割明白。大夫看過了東西，還指著宣教道：「便宜了這弟子孩兒！」喝叫：「打出去！」

宣教抱頭鼠竄走歸下處，下處店家燈尚未熄。宣教也不敢把這事對主人說，討了個火，點在房裡了，坐了一回，驚心方定。無聊無賴，叫起個小廝來，燙些熱酒，且圖解悶。一邊喫，一邊想道：「用了這幾時工夫，才得這個機會，再差一會兒也到手了，誰想卻如此不偶，反費了許多錢財！」又自解道：「還算造化哩。若不是趙縣君哭告，眾人拜求，弄得到當官，我這官做不成了。只是縣君如此厚情厚德，又為我加此受辱。他家大夫說明日就出去的，這倒還好個機會。◎10只怕有了這番事體，明日就使不在家，是必分外防守，未必如前日之便了。不知今生到底能

註

※52好處：好辦，容易處理。

※53一撒：襯褲，穿在裡面的單褲。

眉批

◎10：著迷到底。（即空觀主人）

勾相傍否？」心口相問，不覺潸然淚下，鬱抑不快，呵欠上來，也不脫衣服，倒頭便睡。

只因辛苦了大半夜，這一睡直睡到第二日晌午，方纔醒來。走出店中舉眼看去，對門趙家門也不關，簾子也不見了。一望進去，直看到裡頭，內外洞然，不見一人。他還懷著昨夜鬼胎，不敢自進去，悄悄叫個小廝，一步一步挨到裡頭探聽。直到內房左右看過，並無一個人走動蹤影。只見幾間空房，連傢伙什物一件也不見了。出來回覆了宣教。宣教忖道：「他原說今日要到外頭去，恐怕出去了我又來走動，所以連家眷帶去了。只是如何搬得這等罄淨？難道再不回來住了？其間必有緣故。」試問問左右鄰人，纔曉得趙家也是那裡搬來的，住得不十分長久。這房子也只是賃下的，原非己宅，是用著美人之局，紮了火囤去了。

宣教渾如做了一個大夢一般，悶悶不樂，且到丁惜惜家裡消遣一消遣。惜惜接著宣教，笑容可掬道：「甚好風吹得貴人到此？」連忙置酒相待。飲酒中間，宣教頻頻的歎氣。惜惜道：「你向來有了心上人，把我冷落了多時。今日既承不棄到此，如何只是嗟歎，像有甚不樂之處？」宣教正是事在心頭，巴不得對人告訴，只得把如何對門作寓，如何與趙縣君往來，如何約去私期，卻被丈夫歸來拿住，將錢買得脫身，備細說了一遍。惜惜大笑道：「你枉用痴心，落了人的圈套了。你前日早對我說說，我敢也先點破你，不著他道兒也不見得。我那年有一夥光棍將我包到揚州去，也假了商人的愛妾，紮了一個少年子弟千金，這把戲我也曾弄過的。如今你心愛的縣君，又不知是那一家歪剌貨[※54]也！你前日瞞得我好，撇得我好，也叫你受些業報。」宣教滿臉羞慙[※55]，懊恨無已。丁惜惜又只顧把說話盤問，見說道身畔所有剩得不多，衏衏[※56]家本色，就不十分親熱得緊了。

宣教也覺怏怏，住了一兩晚，走了出來。滿城中打聽，再無一些消息。看看盤費不勾用了，等不得吏部改秩[※57]，急急走回故鄉。親眷朋友曉得這事的，把來做了笑柄。宣教常時忽忽如有所失，感了一場纏綿之疾，竟不及調官而終。可憐吳宣教一個好前程，惹著了這一些魔頭，不自尊重，被人弄得不尷尬，沒個收場。如今奉勸人家子弟每，血氣未定貪淫好色，不守本分不知利害的，宜以此為鑒！詩云：

一臠肉味不曾嘗，已盡纏頭罄橐裝。
盡道陷入無底洞，誰知洞口賺劉郎[※58]！

註

※54歪剌貨：指下賤的女子。
※55慙：讀作「殘」。同今慚字，是慚的異體字。
※56衏衏：讀作「院院」。此指妓女。
※57改秩：升遷、調動官職。
※58劉郎：原指東漢劉晨，後多用來泛指女子的心上人。

第三十九卷　誇妙術丹客提金

破布衫巾破布裙，逢人慣説會燒銀。
自家何不燒些用？擔水河頭賣與人。

這四句詩，乃是國朝唐伯虎解元所作。世上有這一夥燒丹煉汞※1之人，專一設立圈套，神出鬼沒，哄那貪夫癡客。道：能以藥草煉成丹藥，鉛鐵為金，死汞為銀，名為黃白之術，又叫做爐火之事。只要先將銀子為母，後來覷個空兒，偷了銀子便走，叫做「提罐」。曾有一個道人，將此術來尋唐解元，說道：「解元仙風道骨，可以做得這件事。」解元貶駁他道：「我見你身上襤褸，你既有這仙術，何不燒些來自己用度，卻要作成別人？」道人道：「貧道有的是術法，乃造化※2所忌。卻要尋個大福氣的，承受得起，方好與他作為。貧道自家卻沒這些福氣，所以難做。看見解元正是個大福氣的人，來投

清葉衍蘭繪《唐伯虎著色像》。

合夥。我們術家叫做訪外護。」唐解元道：「這等，與你說過，你的法術施為，我一些都不管。我只管出著一味福氣幫你，等丹成了，我與你平分便是。」◎1道人見解元說得蹊蹺，曉得是奚落他，不是主顧，飄然而去了。所以唐解元有這首詩，是點明世人的意思。卻是這夥裡的人更有花言巧語，如此說話說他不倒的，卻是為何？他們道：「神仙必須度世，妙法不可自私。必竟有一種具得仙骨、結得仙緣的，方可共煉共修。內丹成，外丹亦成。」有這許多好說話。這些說話，何曾不是正理？就是煉丹，何曾不是仙法？卻是當初仙人留此一種丹砂化黃金之法，只為要廣濟世間的人。當日純陽呂祖慮他五百年後復還原質，誤了後人。原不曾說道與你置田買產，畜妻養子，幫做人家的。只如杜子春遇仙※3，在雲台觀煉藥將成，尋他去做「外護」，只為一點愛根不斷，累他丹鼎飛敗。如今這些貪人，擁著嬌妻美妾，求田問舍，損人肥己，掂斤播兩，何等肚腸！尋著一夥酒肉道人，指望煉成了丹，要受用一世，遺之子孫，豈不癡乎？只叫他把「內丹成，外丹亦成」這兩句想一想，難道是掉起內養工夫，單單弄那銀子的？只這點念頭，也就萬萬無有煉得丹

註

※1燒丹煉汞：指道士用朱砂、水銀等物質燒鍊出來的丹藥。

※2造化：指上天。化育萬物的天地。

※3杜子春遇仙：《杜子春》是唐人傳奇中的名篇，敘述杜子春助老人煉丹，不能開口，後因忍不住開口而致煉丹失敗。

眉批

◎1：千古破疑祛惑之言。（即空觀主人）

成的事了。看官，你道小子說到此際，隨你愚人，也該醒悟這件事沒影響，做不得的。卻是這件事，偏是天下一等聰明的要落在圈套裡，不知何故。◎2

今小子說一個松江富翁，姓潘，是個國子監監生※4。胸中廣博，極有口才，也是一個有意思的人。卻有一件僻性，酷信丹術。俗語道：「物聚於所好。」果然有了此好，方士源源而來。零零星星，也弄去了好些銀子，受過了好些丹客的哄騙。他只是一心不悔，只說：「無緣，遇不著好的。從古有這家法術，豈有做不來的事？畢竟有一日成功。前邊些小所失，何足為念？」把這事越好得緊了。這些丹客，我傳與你，你傳與我，遠近盡聞其名。左右是一夥的人，推班※5出色，沒一個不思量騙他的。一日秋間，來到杭州西湖上遊賞，賃一個下處住著。只見隔壁園亭上，歇著一個遠來客人，帶著家眷，也來遊湖。行李甚多，僕從齊整。那女眷且是生得美貌，打聽來是這客人的愛妾。日日僱了天字一號的大湖船，擺了盛酒，吹彈歌唱俱備。攜了此妾下湖，淺斟低唱，觥籌交錯。滿桌擺設酒器，多是些金銀異巧式樣，層見疊出。晚上歸寓，燈火輝煌，賞賜無算。潘富翁在隔壁寓所，看得呆了，想道：「我家裡也算是富的，怎能勾到得他這等揮霍受用？◎3此必是陶朱※6、猗頓※7之流，第

呂洞賓為道教神仙，亦以丹法著名。

一等富家了。」心裡豔慕，漸漸教人通問，與他往來相拜。通了姓名，各道相慕之意。富翁乘間問道：「吾丈如此富厚，非人所及。」那客人謙讓道：「何足掛齒。」富翁道：「日日如此用度，除非家中有金銀高北斗，才能像意。不然，也有盡時。」客人道：「金銀高北斗，若只是用去，要盡也不難。須有個用不盡的法兒。」富翁見說，就有些著意了，問道：「如何是用不盡的法？」客人道：「造次※8之間，不好就說得。」富翁道：「畢竟要請教。」客人道：「說來吾丈未必解，也未必信。」富翁見說得蹊蹺，一發殷勤求懇，必要見教。

客人屏去左右從人，附耳道：「吾有九還丹※9，可以點鉛汞為黃金。只要煉得丹成，黃金與瓦礫同耳，何足貴哉！」富翁見說是丹術，一發投其所好。欣然道：「原來吾丈精於丹道。學生於此道，最是心契，求之不得。若吾丈果有此術，

註

※4國子監間生：明清兩代，參與政府選拔，獲得進入國子監讀書資格或在國子監讀書的生員。
※5推班：方言。亦作「推扳」。低劣。
※6陶朱：范蠡，春秋時期楚國宛（今河南南陽）人，是越國的大夫。越國被吳國所敗，隨勾踐到吳國當人質，後來滅了吳國，范蠡退隱江湖，化名陶朱公。
※7猗頓：春秋時魯國人。向陶朱公請教畜牧的方法，在猗氏（今山西臨猗南）畜牧牛羊，十年間成爲富翁，因在猗發跡致富，故稱猗頓。
※8造次：匆忙。
※9九還丹：即九轉金丹。道士煉丹提鍊九次而成的丹藥，服食後可長生不老，非生成仙。

眉批

◎2：唯聰明人，才有痴想，自恃不致爲人所愚也。（即空觀主人）
◎3：既算是富的，想做甚？只是貪心重。（即空觀主人）

學生情願傾家受教。」客人道：「豈可輕易傳得？小小試看，以取一笑則可。」便教小童熾起爐炭，將幾兩汞熔化起來。身邊腰袋裡摸出一個紙包，打開來都是些藥末。就把小指甲挑起一些些來，彈在罐裡。傾將出來，連那鉛汞不見了，都是雪花也似的好銀。

看官，你道藥末可以變化得銅鉛做銀，卻不是真法了？原來這叫做縮銀之法。他先將銀子用藥煉過，專取其精，每一兩直縮做一分少些。今和鉛汞在火中一燒，鉛汞化為青氣去了，遺下糟粕之質，見了銀精，盡化為銀，不知原是銀子的原分量，不曾多了一些。丹客專以此術哄人，人便死心塌地信他，道是真了。富翁見了，喜之不勝，道：「怪道他如此富貴受用，原來銀子如此容易。我煉了許多時，只有折本的。今番有幸，遇著真本事的了，是必要求他去替我煉一煉則個。」遂問客人道：「這藥是如何煉成的？」客人道：「這叫做母銀生子。先將銀子為母，不拘多少，用藥鍛鍊，養在鼎中。須要九轉，火候足了，先生了黃芽，又結成白雪。啟爐時，就掃下這些丹頭來，只消一黍米大，便點成黃金白銀。那母銀仍舊分毫不虧的。」富翁道：「須得多少母銀？」客人道：「母銀越多，丹頭越精。若煉得有半合許丹頭，富可

晉朝的葛洪是中國著名的煉丹術家，圖為清任熊繪《列仙傳．葛洪像》。

敵國矣。」富翁道：「學生家事雖寒，數千之物，還盡可辦。若肯不吝大教，拜迎到家下，點化一點化，便是生平願足。」客人道：「我術不易傳人，亦不輕與人燒煉。今觀吾丈虔心，又且骨格有些道氣，難得在此聯寓，也是前緣，不妨為吾丈做一做。但見教高居何處，異日好來相訪。」富翁道：「學生家居松江，離此處只有兩三日路程。老丈若肯光臨，即此收拾，同到寒家便是。若此間別去，萬一後會不偶，豈不當面錯過了？」客人道：「在下是中州※10人，家有老母在堂。因慕武林※11山水佳勝，攜了小妾到此一遊。空身出來，遊資所需，只在爐火，所以樂而忘返。◎4今遇吾丈知音，不敢自秘。但直須帶了小妾回家安頓，兼就看看老母，再赴吾丈之期，未為遲也。」富翁道：「寒舍有別館園亭，可貯尊眷。何不就同攜到彼住下，一邊做事，當不兩便？家下雖是看待不周，決不至有慢尊客，使尊眷有不安之理。只求慨然俯臨，深感厚情。」客人方才點頭道：「既承吾丈如此真切，容與小妾說過，商量收拾起行。」富翁不勝之喜，當日就寫了請帖，請次日湖中飲酒。到了明日殷殷勤勤，接到船上。備將胸中學問，你誇我逞，談得津津不倦，只恨相見之晚，賓主盡歡而散。又送著一桌精潔酒肴，到隔壁園亭上去，請那小

註

※10中州：古代地名。今河南省一帶。
※11武林：古代地名。杭州的另一種稱呼。

眉批

◎4：若果如此，是眞的至樂，還要小妾何用？（即空觀主人）

娘子。來日客人答席，分外豐盛。酒器傢伙，都是金銀，自不必說。富翁一心已在爐火，遊興盡闌，約定同到松江。在關前僱了兩個大船，盡數搬了行李下去，一路相傍同行。那小娘子在對船艙中，隔簾時露半面。富翁偷眼看去，果然生得豐姿美豔，體態輕盈。只是：

盈盈一水間，脈脈不得語。

又裴航贈同舟樊夫人※12詩云：

同舟吳越猶懷想，況遇天仙隔錦屏。
但得玉京※13相會去，願隨鸞鶴入青冥※14。

此時富翁在隔船望著美人，正同此景。所恨無人，可通音問。話休絮煩。兩隻船不一日至松江，富翁已到家門首，便請丹客上岸，登堂獻茶已畢，便道：「此是學生家中，往來人雜不便。離此一望之地，便是學生莊舍。就請尊眷同老丈到彼安頓，學生也到彼外廂書房中宿歇。一則清淨，可以省煩雜；二則謹密，可以動爐火。尊意如何？」丹客道：「爐火之事，最忌俗囂，又怕外人觸犯。況又小妾在身伴，一發宜遠外人。若得在貴莊住止，行事最便了。」富翁便指點移船到莊，自家同丹客攜手步行，來到莊門口。門上一匾，上寫「涉趣園」三字。進得園來，但見景物悠然，恬怡可愛，正是：

古木干霄，新篁※15夾徑。榱※16題虛敞，無非是月榭風亭；棟宇幽深，饒有那曲房邃室。疊疊假山數仞，可藏太史之書；層層巖洞幾重，疑有仙人之籙。若還奏曲能招鳳※17，在此觀棊必爛柯※18。

丹客觀翫園中景致，欣然道：「好個幽雅去處！正堪為修鍊之所，又好安頓

註

※12裴航贈同舟樊夫人：典故出自唐傳奇裴鉶所撰的小說中，裴航在搭船時，寫了一首詩向同船的樊夫人表達戀慕之意。

※13玉京：道教典籍中所述天帝居住之處。

※14青冥：青天、蒼天。

※15篁：讀作「黃」。竹林。

※16榱：讀作「催」。即椽，讀作「船」。架在屋樑上的橫木上，以承接木條及屋頂的木材。

※17奏曲能招鳳：秦弄玉的夫婿蕭史，擅長吹簫作鳳鳴，引來鳳凰，後夫妻乘鳳飛天仙去。典故出自漢劉向《列仙傳》。

※18觀棊必爛柯：典故出自南朝齊祖沖之《述異記》，晉代王質砍柴時，觀看兩名童子下棋，忘了砍柴，斧頭把柄都腐爛了。等他回家，發現已經不是他那個年代。

小妾，在下便可安心與吾丈做事了。看來吾丈果是有福有緣的。」富翁就叫人接那小娘子起來。那小娘子豔妝了，帶著兩個丫頭：一個喚名春雲，一個喚名秋月，搖搖擺擺，走到園亭上來。富翁欠身回避。丹客道：「而今是通家了，就等小妾拜見不妨。」就叫那小娘子與富翁相見了。富翁對面一看，真個是沉魚落雁之容，閉月羞花之貌。天下凡是有錢的人，再沒一個不貪財好色的。富翁此時，好像雪獅子向火，不覺軟癱了半邊。煉丹的事，又是第二著了。便對丹客道：「園中內室儘寬，任憑尊嫂揀擇。人少時，學生再喚幾個婦女來伏侍。」丹客就同那小娘子去看內房。富翁急急到家中，取了一對金釵、一雙金鐲，到園中奉與丹客道：「些小薄物，奉為尊嫂拜見之儀，望勿嫌輕薄。」丹客一眼估去，見是金的，反推辭道：「過承厚惠。只是黃金之物，在下頗為易得；老丈實為重費。於心不安，決不敢領。」富翁見他推辭，一發不過意道：「也知吾丈不希罕此些微之物，只是尊嫂面上，略表芹意※19。望吾丈鑒其誠心，乞賜笑留。」丹客道：「既然這等美情，在下若再推托，反是自外※20了。只得權且收下，容在下竭力鍊成丹藥，奉報厚惠。」笑嘻嘻走入內房，叫個丫頭，交了進去。又叫小娘子出來，

明宋應星與《天工開物》書中的升煉水銀插圖。

再三拜謝。富翁多見得一番，就破費這些東西，也是心安意肯的。口裡不說，心中想道：「這個人有此丹法，又有此美姬，人生至此，可謂極樂。且喜他肯與我修鍊，丹成料已有日。只是見放著這等美色在自家莊上，不知可有些緣法否？若一發勾搭得上手，方纔心滿意足。而今拚得獻些慇懃，做工夫不著，磨他去，不要性急，且一面打點燒鍊的事。」便對丹客道：「既承吾丈不棄，我們幾時起手※21？」丹客道：「只要有銀為母，不論早晚，可以起手。」富翁道：「先得多少母銀？」丹客道：「多多益善。母多丹多，省得再費手腳。」富翁道：「這等，打點將二千金下爐便了。今日且在舍下料理，明日學生就搬過來，一同做事。」是晚，具酌在園亭上款待，盡歡而散。又送酒肴內房中去，慇慇懃懃，自不必說。

次日，富翁准准兌了二千金，將過園子裡來。一應爐器傢伙之類，家裡一向自有，只要搬將來。富翁是久慣這事的，頗稱在行。鉛汞藥物，一應俱備，來見丹客。丹客道：「足見主翁留心。但在下尚有秘妙之訣，與人不同，鍊起來便見。」

富翁道：「正是秘妙之訣，要求相傳。」丹客道：「在下此丹，名為九轉還

註

※19芹意：一點心意。
※20自外：客套、見外。
※21起手：此指開始煉丹。

丹。每九日火候一還。到九九八十一日開爐，丹物已成。那時節主翁大福到了。」富翁道：「全仗提攜則個。」丹客就叫跟來一個家僮，依法動手，熾起爐火，將銀子漸漸放將下去。取出丹方，與富翁看了。將幾件希奇藥料放將下去，燒得五色煙起，就同富翁封住了爐。又喚這跟來幾個家人分付道：「我在此將有三個月日擔擱，你們且回去回覆老奶奶一聲再來。」這些人止留一二個慣燒爐的在此，其餘都依話散去了。從此家人日夜燒鍊，丹客頻頻到爐邊看火色，卻不開爐。閒時卻與富翁清談，飲酒下棋。賓主相得，自不必說。又時時送長送短到小娘子處討好。小娘子也有時回敬幾件知趣的東西。彼此致意。

如是二十餘日。忽然一個人穿了一身麻衣，渾身是汗，闖進園中來。眾人看時，卻是前日打發去內中※22的人。見了丹客，叩頭大哭道：「家裡老奶奶去世，快請回去治喪！」丹客大驚失色，哭倒在地。富翁也一時驚惶，只得從傍勸解道：「令堂天年有限，過傷無益，且自節哀。」家人催促道：「家中無主，作速起身。」丹客住了哭，對富翁道：「本待與主翁完成美事，少盡

◆從此家人日夜燒鍊，丹客頻頻到爐邊看火色，卻不開爐。閒時卻與富翁清談，飲酒下棋。（古版畫，選自《今古奇觀》明末吳郡寶翰樓刊本）

報效之心；誰知遭此大變，抱恨終天！今勢既難留，此事又未終，況是間斷不得的，實出兩難。小妾雖是女流，隨侍在下已久，爐火之候，儘已知些底裡，留他在此看守丹爐纔好。只是年幼，無人管束，須有好些不便處。」富翁道：「學生與老丈通家至交，有何妨礙？只須留下尊嫂在此。此煉丹之所，又無閒雜人來往，學生當喚幾個老成婦女前來陪伴。晚間或是接到拙荊處一同寢處，學生自在園中安歇看守，以待吾丈到來，有何不便？至於茶飯之類，自然不敢有缺。」丹客又躊躇了半晌，說道：「今老母已死，方寸亂矣。想古人有托妻寄子的，既承高誼，只得敬從。留他在此看看火候；在下回去料理一番，不日自來啟爐。如此方得兩全其事。」富翁見說肯留妾看爐，心中恨不得許下半邊天來，滿面笑容應承道：「若得如此，足見有始有終。」

丹客又進去與小娘子說了來因，並要留他在此看爐的話，一一分付了。就叫小娘子出來，再見了主翁，囑托與他。叮嚀道：「只好守爐，萬萬不可私啟。倘有所誤，悔之無及。」富翁道：「萬一尊駕來遲，誤了八十一日之期，如何是好？」丹客道：「九還火候已足，放在爐中多養得幾日，丹頭愈生得多。就遲些開也不妨

註

※22內中：裡面，此指家裡。

的。」丹客又與小娘子說了些衷腸密語，忙忙而去了。

這裡富翁見丹客留下美妾，料他不久必來，丹事自然有成，不在心上。卻是趁他不在，亦且同住園中，正好勾搭，機會不可錯過。時時亡魂失魄，只思量下手。方在遊思妄想，可可※23的那小娘子叫個丫頭春雲來道：「俺家娘請主翁到丹房看爐。」富翁聽得，急整衣巾，忙趨到房前來請道：「適纔尊婢傳命，小子在此伺候尊步同往。」那小娘子囀鶯聲吐燕語道：「主翁先行，賤妾隨後。」只見嬝嬝娜娜※24走出房來，道了萬福。富翁道：「娘子是客，小子豈敢先行？」小娘子道：「賤妾女流，怎好僭妄？」兩下推遜，雖不好扯手扯腳的相讓，已自覿面※25談唾，相接了一回，有好些光景。畢竟富翁讓他先走，兩個丫頭隨著富翁在後面，看去真是步步金蓮，不由人不動火。

來到丹房邊，轉身對兩個丫頭道：「丹房忌生人，你們只在外住著，單請主翁進來。」主翁聽得，三腳兩步，跑上前去，同進了丹房。把所封之爐，前後看了一回。富翁一眼覷定這小娘子，恨不得尋口水來吞他下肚去，那裡還管爐火的青紅皂白？◎5可惜有這個燒火的家僮在房，只

圖為清畫家錢慧安繪《稚川煉丹》，雉川為葛洪的字。

好調調眼色，連風話也不便說得一句。直到門邊，富翁纔老著臉皮道：「有勞娘子尊步。尊夫不在，娘子回房須是寂寞。」

那小娘子口不答應，微微含笑。此番卻不推遜，竟自冉冉而去。富翁愈加狂蕩，心裡想道：「今日丹房中若是無人，盡可撩撥；只可惜有這個家僮在內。明日須用計遣開，然後約那人同去看爐，此時便可用手腳了。」即分付從人：「明日早上備一桌酒飯，請那燒爐的家僮，說道一向累他辛苦了，主翁特地與他澆手※26，要灌得爛醉方住。」一分付已畢，是夜獨酌無聊，思量美人只在內室，又念著日間之事，心中怏怏，徬徨不已。乃吟詩一首道：

名園富貴花，移種在山家。
不道欄杆外，春風正自賒。

走至堂中，朗吟數遍，故意要內房聽得。只見內房走出丫頭秋月，手捧一盞香

註

※23可可：剛好
※24嬝嬝娜娜：風姿優美的樣子。
※25覿面：當面、迎面。覿，讀作「迪」。
※26澆手：請吃酒菜以慰勞工人。

眉批

◎5：如此淫性，乃望丹成乎！（即空觀主人）

茶，奉與富翁道：「俺家娘聽得主翁吟詩，恐怕口渴，特奉清茶。」富翁笑逐顏開，再三稱謝。秋月回身進去。只聽裡邊也吟道：

名花誰是主？飄泊任春風。
但得東君※27惜，芳心亦自同。

富翁聽罷，知是有意，卻不敢造次闖進去。又聽得裡邊關門響，只得自到書房睡了，以待天明。

次日早上，從人依了昨日之言，把個燒火的家僮請了去。他日逐守著爐竈邊，原不耐煩。見了酒杯，那裡肯放，喫得爛醉，就在外邊睡著了。富翁已知他不在丹房，即走到內房前自去請看丹爐。那小娘子聽得，即便移步出來，一如昨日在前先走。走到丹房門邊，丫頭仍留在外，止是富翁緊隨入門。到得爐邊看時，不見了燒火的家僮，小娘子假意失驚道：「如何沒人在此，卻歇了火？」富翁笑道：「只為小子自家要動火，故叫他暫歇了火。」小娘子只做不解道：「這火須是斷不得的。」富翁道：「等小子與娘子坎離※28交媾，以真火續將起來。」小娘子正色道：「煉丹學道之人，如何興此邪念，說此邪話？」富翁道：「尊夫在這裡與小娘

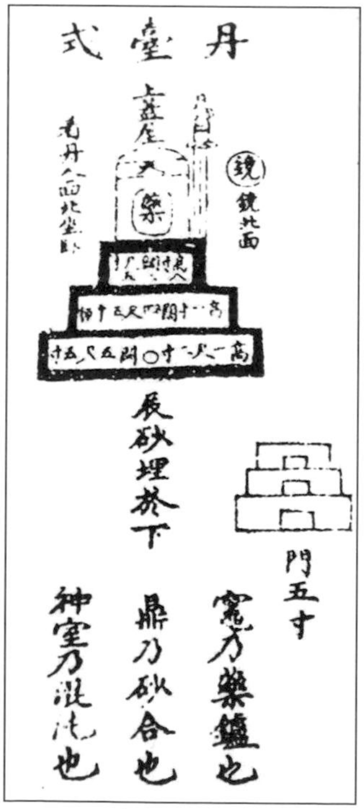

道教經典《道藏》中關於煉丹的圖樣。

子同眠同起，少不得也要煉丹，難道一事不做，只是乾夫妻不成？」小娘子無言可答道：「一場正事，如此歪纏。」富翁道：「小子與娘子夙世姻緣，也是正事。」一把抱住，雙膝跪將下去。小娘子扶起道：「拙夫家訓頗嚴，本不敢輕蹈非禮。既承主翁如此殷勤，賤妾不敢自愛，容晚間約著相會一話罷。」富翁道：「就此懇賜一歡，方見娘子厚情，如何等得到晚？」小娘子道：「這裡有人來，使不得。」富翁道：「小子專為留心要求小娘子，已著人款住燒火的。此外誰敢進來？況且丹房邃密，無人知覺。」小娘子道：「此間須是丹爐，怕有觸犯，悔之無及。決使不得！」富翁此時興已勃發，那裡還顧什麼丹爐不丹爐，只是緊緊抱住道：「就是要了小子的性命，也說不得了。只求小娘子救一救。」不由他肯不肯，抱到一張醉翁椅上，扯脫褲兒，就舞將進去。此時快樂，何異登仙？◎6但見：

獨絃琴一翕一張，無孔簫統上統下。紅爐中撥開那火，玄關內走動眞鉛。舌攪華池，滿口馨香嘗玉液；精穿牝屋，渾身酥快吸瓊漿。何必丹成入九天？即此魂銷

註

※27東君：原指春神，此指富翁的調情。

※28坎離：水火、陰陽。

眉批

◎6：道家所謂亂動了主人公也。(即空觀主人)

歸極樂。

兩下雲雨已畢，整了衣服，富翁謝道：「感謝娘子不棄。只是片時歡娛，晚間願賜通宵之樂。」撲的又跪下去。小娘子急扶起來道：「我原許晚間的，你自喉急等不得。那裡有丹鼎傍邊就這般沒正經起來？」富翁道：「錯過一時，只恐後悔無及。還只是早得到手一刻，也遂了我多時心願。」小娘子道：「晚間還是我到你書房來，你到我臥房來？」富翁道：「但憑娘子主見。」小娘子道：「我處須有兩個丫頭同睡，你來不便。我今夜且瞞著他們自出來罷。待我明日叮囑丫頭過了，然後接你進來。」

是夜，果然人靜後，小娘子走出堂中。富翁早已在門邊伺候，接至書房，極盡衾枕之樂。以後或在內，或在外，總是無拘無管。富翁以為天下奇遇，只願得其夫一世不來，丹鍊不成也罷了。綢繆了十數宵，忽然一日，門上報說：「丹客到了。」富翁喫了一驚。接進寒溫畢，即進內房來見小娘子，說了好些說話。復出來對富翁道：「小妾說丹爐不動。而今九還之期已過，丹已成了，正好開看。今日匆匆，明日獻過了神啟爐罷。」富翁是夜雖不得再望歡娛，卻見丹客來了，明日啟爐，丹成可望。還賴有此，心下自解自樂。

到得明日，請了些紙馬福物，祭獻了畢。丹客同富翁剛走進丹房，就變色沉吟道：「如何丹房中氣色恁等的？有些詫異！」便就親手啟開鼎爐一看，跌足大驚道：「敗了！敗了！真丹走失，連銀母多是糟粕了。此必有做交感污穢之事，觸犯了的！」富翁驚得面如土色，不好開言。又見道著真相，一發慌了。丹客懊怒，咬得牙齒趷趷※29的響，問燒火的家僮道：「此房中別有何人進來？」家僮道：「只有主翁與小娘子日日來看一次，別無人敢進來。」丹客道：「這等如何得丹敗了？快去叫小娘子來問。」

家僮急忙走去請來。丹客厲聲道：「你在此看爐做了甚事？丹俱敗了！」小娘子道：「日日與主翁來看，爐是原封不動的，不知何故？」丹客道：「誰說爐動了封？你卻動了封了！」又問家僮道：「主翁與娘子來時，你也有時節不在此麼？」家僮道：「止有一日，是主翁憐我辛苦，請去喫飯，多飲了幾盃，睡著在外邊了。只這一日是主翁與小娘子自家來的。」丹客冷笑道：「是了！是了！」忙走去行囊裡抽出一根皮鞭來，對小娘子道：「分明是你這賤婢做出事來了！」一鞭打去，幸喜小娘子即溜，側身閃過，哭道：「我原說做不得的，主人翁害了奴也。」富翁睜著雙眼，無言可答，恨沒個地洞鑽了進去。丹客怒目直視主翁道：「你前日相托之

註

※29趷趷：讀作「科」，形容物體相撞擊的聲音。

時，如何說的？我去不久，就幹出這樣昧心事來，原來是狗彘不直的！如此無行之人，如何妄想燒丹煉藥？是我眼裡不識人，我只是打死這賤婢罷！羞辱門庭，要你怎的？」拿著鞭子趕來，小娘子慌忙走進內房。虧得兩個丫頭攔住，勸道：「官人耐性。」向前接住了皮鞭，卻把皮鞭捽斷了。

富翁見他性發，沒收場，只得跪下去道：「是小子不才，一時幹差了事；而今情願棄了前日之物，只求寬恕罷。」丹客道：「你自作自受！你幹壞了事，走失了丹是應得的，沒處怨悵。我的愛妾可是與你解饞的？受了你玷污，卻如何處？我只是殺卻了，不怕你不償命！」富翁道：「小子情願贖罪罷。」即忙叫家人到家中拿了兩個元寶，跪著討饒。丹客只是佯著眼不瞧道：「我銀甚易，豈在乎此？」富翁只是磕頭，又加了二百兩◎7道：「如今以此數，再娶了一位如夫人也夠了。實是小子不才，望乞看平日之面，寬恕尊嫂罷！」丹客道：「我本不希罕你銀子，只是你這樣人，不等你損些己財，後來不改前非。◎8我偏要拿了你的將去濟人也好。」就把三百金拿去裝在箱裡，叫齊小娘子與家僮、丫頭等，急把衣裝行李盡數搬出，下在昨日原來的船裡，一徑出門，口裡喃喃罵道：「受這樣的恥辱，可恨！可恨！」罵詈※30不止，開船去了。

富翁被他嚇得魂不附體，恐怕弄出事來。雖是折了些銀子，

明代道教書籍中的煉丹插圖。（圖片來源： Wellcome Library, London）

得他肯去，還自道僥倖。至於爐中之銀，真個認做污穢觸犯了丹鼎走敗。但自悔道：「忒※31性急了些。便等丹成了，多留他住幾時，再圖成此事，豈不兩便？再不然，不要在丹房裡弄這事，或者不妨，也不見得。多是自己莽撞了，枉自破了財物也罷，只是遇著真法，不得成丹，可惜！可惜！」又自解自樂道：「只這一個絕色佳人，受用了幾時，也是風流話柄，賞心樂事，不必追悔了！」卻不知多是丹客做成圈套。當在西湖時，原是打聽得潘富翁上杭，先裝成這般行徑來炫惑他的。及至同他到家，故意要延緩，卻像沒甚要緊。後邊那個人來報喪之時，忙忙歸去，已自先把這二千金提去了，留著家小使之不疑。後來勾搭上場，也都是他做成的計較，把這堆狗屎堆在鼻子上，等你開不得口，只好自認不是，沒工夫與他算帳了。那富翁是破財星照，墮其計中，先認他是巨富之人，必有真丹點化；不知那金銀器皿，都是些銅鉛為質，金銀汁黏裹成的。酒後燈下，誰把試金石來試？一時不辨，都誤認了。此皆神奸鬼計也！富翁遭此一騙，還不醒悟，只說是自家不是，當面錯過，越好那丹術不已。

一日，又有個丹士到來，與他談著爐火，甚是投機，延接在家。告訴他道：

註

※30罵詈：辱罵詛咒。詈，讀作「立」。

※31忒：過分、過甚。通「太」。

眉批

◎7：此二千金之兑頭加贈也。(即空觀主人)

◎8：改了前非，公等何處生活？(即空觀主人)

「前日有一位客人，真能點鐵為金，當面試過。他已是替我燒鍊了。後來自家有些得罪於他，不成而去，真是可惜！」丹士道：「吾術豈獨不能？」便叫把爐火來試，果然與前丹客無二。些少藥末，投在鉛汞裡頭，盡化為銀。富翁道：「好了！好了！前番不著，這番著了。」又湊千金與他燒鍊。丹士呼朋引類，又去約了兩三個幫手來做。富翁見他銀子來得容易，放著膽一些也不防備。豈知一個晚間，又提了罐走了。次日又撈了個空。富翁此時連被拐去，手中已窘，且怒且羞道：「我為這事，費了多少心機，弄了多少年月。前日自家錯過，指望今番是了。誰知又遭此一閃！我不問那裡尋將去，料來不過又往別家燒鍊，或者撞得著，也不可知！縱不然，或者另遇著真正法術，再得鍊成真丹，也不見得。」自此收拾了些行李，東遊西走。◎9

忽然一日，在蘇州閶門人叢裡，劈面撞著這一夥人。正待開口發作，這夥人不慌不忙，滿面生春，卻像他鄉遇故知的一般，一把邀了那富翁。邀到一個大酒肆中一副潔淨座頭上坐了，叫酒保燙酒取嗄飯來，殷勤謝道：「前日有負厚德，實切不安。但我輩道路如此，足下勿以為怪。今有一法與足下計較，可以償足下前物，不必別生異說。」富翁道：「何法？」丹士道：「足下前日之銀，吾輩得來，隨手費盡，無可奉償。今山東有一大姓，也請吾輩燒鍊，已有成約，只待吾師到來，纔交銀舉事。奈吾師遠游，急切未來。足下若權認作吾師，等他交銀出來，便取來先還了足下前物，直如反掌之易。不然，空尋我輩也無幹※32。足下以為何如？」富翁道：「尊師是何人物？」丹士道：「是個頭陀※33。今請足下略剪去了些頭髮，我輩以師禮事奉，徑到彼處便了。」

富翁急於得銀，便依他剪髮做一齊了。彼輩殷殷勤勤，直侍奉到山東，引進見了大姓，說道是他師父來了。大姓致敬，迎接到堂中，略談爐火之事。富翁是做慣了的，亦且胸中原博，高談闊論，盡中機宜。大姓深相敬服。是夜，即兌銀二千兩，約在明即起火。只管把酒相勸，喫得酩酊，扶去另在一間內書房睡著。到得天明，商量安爐。富翁見這夥人科派※34，自家曉得些，也在裡頭指點。當日把銀子下爐燒鍊，這夥人認做徒弟守爐。大姓只管來尋師父去請教，攀話飲酒，不好卻得。這些人看個空兒。又提了罐各各走了，單單撇下「師父」。大姓只道師父在家不妨，豈知早辰一夥都不見了，就拿住「師父」，要送在當官，捉拿餘黨。富翁只得哭訴道：「我是松江潘某，原非此輩同黨。只因性好燒丹，前日被這夥人拐了，路上遇見他，說道在此間燒鍊，得來可以賠償。又替我剪髮，叫我裝做他師父來

註

※32無幹：無用。

※33頭陀：佛教用語。指去除煩惱。梵語轉譯。意譯為抖擻、棄除、沙汰等。俗稱行腳托缽的出家人。

※34科派：假借名目賺錢。

眉批

◎9：痴心不斷。（即空觀主人）

的。指望取還前銀，豈知連宅上多騙了，又撇我在此。」說罷大哭。大姓問其來歷詳細，說得對科，果是松江富家，與大姓家有好些年誼的。知被騙是實，不好難為得，只得放手。一路無了盤纏，倚著頭陀模樣，沿途乞化回家。◎10

到得臨清碼頭上，只見一隻大船內，簾下一個美人，揭著簾兒，露面看著街上。富翁看見，好些面善，仔細一認，卻像前日丹客帶來與他偷情的可意人兒一般無二。疑惑道：「那冤家緣何在這船上？」走到船邊細細訪問，方知是河南舉人某公子包了名娼到京會試的。富翁心想道：「難道當日這人的妾畢竟賣了？」又疑道：「敢是面龐相像的也未可知？」不離船邊，走來走去只管看。忽見船艙裡叫個人出來問他道：「官艙裡大娘問你可是松江人？」富翁道：「正是松江。」又問道：「可姓潘？」富翁喫了一驚道：「怎曉得我的姓？」只見艙裡人說：「叫他到船邊來。」富翁走上前去，簾內道：「妾非別人，即前日丹答所認為妾的便是，實是河南妓家。前日受人之托，不得不依他囑付的話替他搗鬼，有負於君。君何以流落至此？」富翁大慟，把連次

富翁一路無了盤纏，倚著頭陀模樣，沿途乞化回家。（古版畫，選自《今古奇觀》明末吳郡寶翰樓刊本）

被拐，今在山東回來之由，訴說一遍。簾內人道：「妾與君不能無情，當贈君盤費※35，作急回家。此後遇見丹客，萬萬勿可聽信。妾亦是騙局中人，深知其詐。君能聽妾之言，是即妾報君數宵之愛也。」言畢，著人拿出三兩一封銀子來遞與他。富翁感謝不盡，只得收了。自此方曉得前日丹客美人之局，包了娼妓做的。今日卻虧他盤費。

到得家來，感念其言，終身不信爐火之事。卻是頭髮紛披，羞顏難掩。親友知其事者，無不以為笑談。奉勸世人好丹術者，請以此為鑒。

丹術須先斷情慾，塵緣豈許相馳逐。
貪淫若是望丹成，陰溝洞裡天鵝肉。

註

※35盤費：旅費。

眉批

◎10：雖被騙去頭髮，卻也有此便宜處。（即空觀主人）

第四十卷　逞多財白丁橫帶

苑※1枯本是無常數，何必當風使盡帆？
東海揚塵猶有日，白衣蒼狗※2剎那間。

話說人生榮華富貴，眼前的多是空花，不可認為實相※3。如今人一有了時勢，便自道是「萬年不拔之基」，旁邊看的人，也是一樣見識，豈知轉眼之間，灰飛煙滅。泰山化作冰山，極是不難的事。俗語兩句說得好：「寧可無了有，不可有了無。」專為貧賤之人，一朝變泰※4，得了富貴，苦盡甜來，滋味深長。若是富貴之人，一朝失勢，落魄起來，這叫做「樹倒猢猻散」，光景著實難堪了。卻是富貴的人只據目前時勢，橫著膽，昧著心，任情做去，那裡管後來有下稍沒下稍※5？曾有一個笑話，道是一個老翁有三子，臨

清末北京一個富裕人家的照片，攝於1901年。

死時分付道：「你們倘有所願，實對我說。我死後求之上帝。」一子道：「我願官高一品。」一子道：「我願田連萬頃。」末一子道：「我無所願，願換大眼睛一對。」老翁大駭道：「要此何幹？」其子道：「等我撐開了大眼，看他們富的富，貴的貴。」◎1此雖是一個笑話，正合著古人云：「常將冷眼觀螃蟹，看你橫行得幾時？」

雖然如此，然那等熏天赫地富貴人，除非是遇了朝廷誅戮，或是生下子孫不肖，方是敗落散場，再沒有一個身子上先前做了貴人，以後流為下賤，現世現報，做人笑柄的。看官，而今且聽小子先說一個好笑的，做個「入話」。唐朝僖宗皇帝即位，改元乾符。是時閹官驕橫。有個小馬坊使內官田令孜，是上為晉王時有寵。及即帝位，使知樞密院※6，遂擢為中尉※7。上時年十四，專事遊戲，政事一委令

註

※1苑：通「菀」。草木繁盛的樣子。
※2白衣蒼狗：典故出自杜甫《可歎》詩：「天上浮雲如白衣，斯須改變如蒼狗。」比喻事物沒有一定的變化法則可依循。
※3實相：佛教指一切法眞實的樣貌。
※4變泰：發跡顯達。
※5沒下稍：即「沒下梢」。用來比喻人沒有好下場、好結局。
※6知樞密院：即樞密院知院，樞密院的主管長官。唐代始設，歷代均有設置，掌管軍事。
※7中尉：古代武官名。漢武帝時，改稱爲「執金吾」。唐代德宗時起，由宦官擔任，率領神策軍，是皇帝防守京師與皇宮的軍隊。

眉批

◎1：醒時之金言。（即空觀主人）

孜，呼為「阿父」，遷除官職，不復關白※8。◎2其時，京師有一流棍，名叫李光，專一阿諛逢迎，諛事令孜。令孜甚是喜歡信用，薦為左軍使。忽一日，奏授朔方節度使※9。豈知其人命薄，沒福消受，敕下之日，暴病卒死。遺有一子，名喚德權，年方二十餘歲。令孜老大不忍，心裡要抬舉他，不論好歹，署了他一個劇職※10。時黃巢破長安。中和元年，陳敬瑄在成都，遣兵來迎僖皇，令孜遂勸僖皇幸蜀。令孜扈駕，就便叫了李德權同去。僖皇行在※11住於成都，令孜與敬瑄相交結，盜專國柄※12，人皆畏威。德權在兩人左右，遠近仰奉，凡奸豪求名求利者，多賄賂德權，替他兩處打關節。數年之間，聚賄千萬，累官至金紫光祿大夫※13、檢校右僕射※14，一時熏灼無比。後來僖皇薨逝，昭皇※15即位。大順二年四月，西川節度使王建屢表請殺令孜、敬瑄。朝廷懼怕二人，不敢輕許。建使人告敬瑄作亂、令孜通鳳翔書，不等朝廷旨意，竟執二人殺之。草奏云：

開柙出虎※16，孔宣父※17不責他人；當路斬蛇，孫叔敖蓋非利己※18。專殺不行於閫外※19，先機恐失於彀中※20。

黃巢

◆黃巢像，圖片取自明刻《殘唐五代史演義》。

於時追捕二人餘黨甚急，德權脫身，遁於復州※21，平日枉有金銀財貨萬萬千千，一毫卻帶不得，只走得空身。盤纏了幾日，衣服多當來吃了，單衫百結※22，乞食通途。◎3可憐昔日榮華，一旦付之春夢。卻說天無絕人之路。復州有個後槽

註

※8關白：陳述、稟告。
※9朔方節度使：古代官名。又稱靈武節度使，是唐朝在今西北地區，防守邊境抵禦後突厥侵擾。
※10劇職：地位重要的職務。
※11行在：古代君王出巡時居住的地方。
※12國柄：一個國家的政治權力。
※13紫光祿大夫光：古代官名。加金印紫綬的光祿大夫，正三品文官。
※14僕射：古代官名。唐代時，左、右僕射相當於宰相。
※15昭皇：即唐昭宗李曄。
※16開柙出虎：原指管理者未能善盡其職責，導致猛虎出柙傷人。後多用以比喻，縱容歹人逞兇害人。典故出自《論語．季氏》，季康子伐顓臾一事。孔門弟子冉求與子路，是季氏的家臣，未能及時勸見季氏，導致其討伐顓臾，而受到孔子的責備。柙，讀作「俠」。
※17孔宣父：即孔子。姓孔，名丘，字仲尼，春秋時魯國人。後世爲至聖先師，是先秦時代儒家學派的代表人物。
※18當路斬蛇，孫叔敖蓋非利己：孫叔敖，春秋時楚國著名宰相。傳說，孫叔敖曾見到有一雙頭蛇橫在路中間，便將其斬殺，以防牠禍害路人。
※19閫外：古代統帥統領軍隊在外。閫，讀作「捆」。
※20先機恐失於彀中：如果不授與領兵在外的將領，見機行事之權，那麼就會因失去先機而中了敵人的圈套。
※21復州：古代州名。治所在永寧縣（今遼寧省瓦房店市西北復州）。
※22單衫百結：衣衫單薄殘破不堪，在上頭打了百來個結。形容衣衫襤褸。

眉批

◎2：阿父自然不必關白兒子。（即空觀主人）
◎3：平日之資何益？（即空觀主人）

健兒※23，叫做李安，當日李光未際時，與他相熟。偶在道上行走，忽見一人襤褸丐食，仔細一看，認得是李光之子德權。心裡惻然，邀他到家裡，問他道：「我聞得你父子在長安富貴，後來破敗，今日何得在此？」德權將官司追捕田、陳餘黨，脫身亡命，到此困窮的話，說了一遍。李安道：「我與汝父有交，你便權在舍下住幾時。怕有人認得，你可改個名，只認做我的侄兒，便可無事。」德權依言，改名彥思，就認他這看馬的做叔叔，不出街上乞化了。未及半年，李安得病將死，彥思見後槽有官給的工食，遂叫李安投狀，道：「身已病廢，乞將侄彥思繼充後槽。」不數日，李安果死，彥思遂得補充健兒，為牧守圉人※24。不須憂愁衣食，自道是十分僥倖，豈知漸漸有人曉得他曾做僕射過的。此時朝政紊亂，法紀廢弛，也無人追究他的蹤跡，但只是起他個混名，叫他做「看馬李僕射」，走將出來時，眾人便指手點腳，當一場笑話。

看官，你道僕射是何等樣大官？後槽是何等樣賤役？如今一人身上，先做了僕射，收場結果，做得個看馬的，豈不可笑？卻又一件，那些人依附內相※25，原是冰山※26，一朝失勢，破敗死亡，此是常理；留得殘生看馬，還是便宜的事，不足為怪。◎4如今再說當日同時有一個官員，雖是得官不正，僥倖來的，卻是自己所掙。誰知天不幫襯，有官無祿。

唐代時左、右僕射相當於宰相官職，圖為曾任尚書右僕射的長孫無忌。

並不曾犯著一個對頭，並不曾做著一件事體，都是命裡所招，下梢頭弄得沒出豁[※27]，比此更為可笑。詩曰：

富貴榮華何足論，從來世事等浮雲。
登場傀儡休相嚇，請看當艄郭使君。

這本話文，就是唐僖宗朝，江陵有一個人，叫做郭七郎。父親在日，做江湘大商，七郎長隨著船上去走的。父親死過，是他當家了。真個是家資巨萬，產業廣延，有鴉飛不過的田宅，賊扛不動的金銀山，乃楚城富民之首。江淮河朔的賈客，多是領他重本，貿易往來。卻是這些富人，惟有一項不平心是他本等[※28]：大等秤進，小等秤出。自家的，歹爭做好，別人的好爭做歹。這些領他本錢的賈客，沒有一個不受盡他累的，各各吞聲忍氣，只得受他，你道為何？只為本錢是他的，那江

註

※23後槽健兒：養馬的兵卒。
※24圉人：負責養馬芻牧的官名。
※25內相：太監。
※26冰山：依附權貴終不可靠，一朝失勢，如同冰山遇見陽光消融一般，不可依恃。
※27沒出豁：沒出息。
※28本等：此指與生俱來的天性。

眉批

◎4：敗者多矣，無肯懲，何也？（即空觀主人）

湖上走的人，拚得陪些辛苦在裡頭，隨你盡著欺心算帳，還只是仗他資本營運，畢竟有些便宜處。若一下衝撞了他，收拾了本錢去，就沒蛇得弄了。故此隨你剋剝，只是行得去的，本錢越弄越大，所以富的人只管富了。那時有一個極大商客，先前領了他幾萬銀子，到京都做生意，去了幾年，久無音信。直到乾符初年，郭七郎在家，想著這注本錢沒著落。他是大商，料無所失，可惜沒個人往京去一討。又想一想道：「聞得京都繁華去處，花柳之鄉，不若借此事由，往彼一遊。一來可以索債，二來買笑追歡，三來覷個方便，覓個前程，也是終身受用。」◎5算計已定。七郎有一個老母，一弟一妹在家，奴婢下人無數。只是未曾娶得妻子。當時分付弟妹承奉母親，著一個都管看家，餘人各守職業做生理，自己卻帶幾個慣走長路會事的家人在身邊，一面到京都來。七郎從小在江湖邊生長，賈客船上往來，自己也會撐得篙，搖得櫓，手腳快便，把些飢餐渴飲之路，不在心上，不則一日到了。元來那個大商，姓張名全，混名張多寶，在京都開幾處解典庫，又有幾所緞鋪，專一放官吏債，打大頭腦※29的。至於居間說事，賣官鬻爵，只要他一口擔當，事無不成。也有叫他做「張多保」的，只為凡事都是他保得過，所以如此稱呼。滿京人無不認得他的，郭七郎到京，一問便著。他見七郎到了，是個江湘債主，起

◆唐僖宗李儇，圖片取自《殘唐五代史演義》。

初進京時節，多虧他的幾萬本錢做椿※30，纔做得開成得這個大氣概，一見了歡然相接。敘了寒溫，便擺起酒來。把轎去教坊裡請了幾個有名的衏衏，前來陪侍。賓主盡歡。酒散後，就留一個絕頂的妓者，叫做王賽兒，相伴了七郎，在一個書房裡宿了。富人待富人，那房舍精緻，帷帳華侈，自不必說。

次日起來，張多保不待七郎開口，把從前連本連利一算，約該有十來萬了，就如數搬將出來，一手交兌。口裡道：「只因京都多事，脫身不得，亦且挈了重資，江湖上難走：又不可輕易托人，所以遲了幾年。今得七郎自身到此，交明了此一宗，實為兩便。」七郎見他如此爽利，心下喜歡，便道：「在下初入京師，未有下處。雖承還清本利，卻未有安頓之所，有煩兄長替在下尋個寓舍何如？」張多保道：「舍下空房盡多，閒時還要招客，何況兄長通家，怎到別處作寓？只須在舍下安歇。待要啟行時，在下周置動身，管取安心無慮。」七郎大喜，就在張家間壁一所人客房住了。當日取出十兩銀子送與王賽兒，做昨日纏頭之費。夜間七郎擺還席，就央他陪酒。張多保不肯要他破鈔，自己也取十兩銀子來送，叫還了七郎銀子。七郎那裡肯？推來推去，大家多不肯收進去，只便宜了這王賽兒，落得兩家都

註

※29打大頭腦：攀附有權勢的人。

※30做椿：比喻根基。

眉批

◎5：既富矣，又何加焉？（即空觀主人）

收了，兩人方纔快活。是夜，賓主兩個與同王賽兒行令作樂飲酒，愈加熱分有趣，吃得酩酊而散。

王賽兒本是個有名的上廳行首※31，又見七郎有的是銀子，放出十分擒拿的手段來。七郎一連兩宵，已此著了迷魂湯，自此同行同坐，時刻不離左右，徑不放賽兒到家裡去了。賽兒又時常接了家裡的姊妹，輪遞來陪酒插趣，七郎賞賜無算，那鴇兒又有做生日、打差買物事、替還債，許多科分※32出來。七郎揮金如土，並無吝惜。才是行徑如此，便有幫閒鑽懶一班兒人出來，誘他去跳槽※33。大凡富家浪子，心性最是不常，搭著便生根的，見了一處，就熱一處。王賽兒之外，又有陳嬌、黎玉、張小小、鄭翩翩，幾處往來，都一般的撒漫使錢。那夥閒漢又領了好些王孫貴戚好賭博的，牽來局賭，做圈做套，贏少輸多，不知騙去了多少銀子。

七郎雖是風流快活，終久是當家立計好利的人。起初見還的利錢都在裡頭，所以放鬆了些手。過了三數年，覺道用得多了，捉捉後手看，已用過了一半有多了。

張多保不待七郎開口，把從前連本連利一算，約該有十來萬了，就如數搬將出來，一手交兑。（古版畫，選自《今古奇觀》明末吳郡寶翰樓刊本）

心裡猛然想著家裡頭，要回家。◎6來與張多保商量，張多保道：「此時正是濮人王仙芝※34作亂，劫掠郡縣，道路梗塞。你帶了偌多銀兩，待往那裡去？恐到不得家裡。不如且在此盤桓幾時，等路上平靜好走，再去未遲。」七郎只得又住了幾日。偶然一個閒漢，叫做「包走空」包大，說起朝廷用兵緊急，缺少錢糧，納了些銀子，就有官做。官職大小，只看銀子多少。說得郭七郎動了火，問道：「假如納他數百萬錢，可得何官？」包大道：「如今朝廷昏濁，正正經經納錢，就是得官，也只有數，不能勾十分大的。若把這數百萬錢拿去，私下買囑了主爵的官人※35，好歹也有個刺史做。」七郎吃一驚道：「刺史也是錢買得的？」包大道：「而今的世界，有甚麼正經？有了錢，百事可做，豈不聞崔烈五百萬買了個司徒※36麼？而今空名大將軍告身※37，只換得一醉；刺史也不難的。只要通得關節，我包你做得

註

※31上廳行首：官妓之首。
※32科分：名堂、花樣。
※33跳槽：此指拋棄舊愛，結識、包養其他的妓女。
※34王仙芝：唐朝濮州（今山東省濮縣）人，唐僖宗初年聚集群眾作亂，黃巢響應，攻佔數州，聲勢浩大，後被招討史曾元裕擊敗，被斬。
※35主爵的官人：主爵在唐代改爲司封。執掌官員封爵、承襲等事務。
※36司徒：古代官名。本爲大司徒，東漢時改爲司徒，主管教化，與大司馬、大司空並列三公。
※37告身：唐代朝廷任命官員的文書。

眉批

◎6：也算回頭得快。豈知天窨之乎？早知日後所遭，此時落得快活。（即空觀主人）

來便是。」正說時，恰好張多保走出來。七郎一團高興告訴了適纔的說話。張多保道：「事體是做得來的，在下手中也弄過幾個了。只是這件事，在下不攛掇得兄長做。」七郎道：「為何？」多保道：「而今的官，有好些難做。他們做得興頭的，多是有根基，有腳力，親戚滿朝，黨羽四布，方能勾根深蒂固，有得錢賺，越做越高。隨你去剝削小民，貪污無恥，只要有使用，有人情，便是萬年無事的。兄長不過是自身人，便弄上一個顯官，須無四壁倚仗，到彼地方，未必行得去。就是行得去時，朝裡如今專一討人便宜，曉得你是錢換來的，略略等你到任一兩個月，有了些光景，便道勾你了，一下子就塗抹著，豈不枉費了這些錢？若是官好做時，在下也做多時了。」七郎道：「不是這等說，小弟家裡有的是錢，沒的是官。況且身邊現有錢財，總是不便帶得到家，何不於此處用了些？博得個腰金衣紫，也是人生一世，草生一秋。就是不賺得錢時，小弟家裡原不稀罕這錢的。就是不做得興時，也只是做過了一番官了。登時住了手，那榮耀是落得的。◎7小弟見識已定，兄長不要掃興。」多保道：「既然長兄主意要如此，在下當得效力。」當時就與包大兩個商議去打關節。

那個包大走跳※38路數極熟，張多保又是個有身家幹大事慣的人，有什麼弄不來的事？原來唐時使用的是錢，千錢為

唐代鳳凰金飾。（圖片來源：Cleveland Museum of Art）

緡。就用銀子准時，也只是以錢算帳。當時一緡錢，就是今日的一兩銀子。宋時卻叫做一貫了。張多保同包大將了五千緡，悄悄送到主爵的官人家裡。那個主爵的官人，是內官田令孜的收納戶，百靈百驗。又道是「無巧不成話」，其時有個粵西橫州刺史郭翰，方得除授，患病身故，告身還在銓曹※39。主爵的受了郭七郎五千緡，就把籍貫改注，即將郭翰告身轉付與了郭七郎，從此改名做了郭翰。

張多保與包大接得橫州刺史告身，千歡萬喜，來見七郎稱賀。七郎此時頭輕腳重，連身子都麻木起來。包大又去喚了一部梨園子弟。張多保置酒張筵。是日，就換了冠帶。那一班閒漢，曉得七郎得了個刺史，沒一個不來賀喜撮空※40。大吹大擂，吃了一日的酒。又道是：「蒼蠅集穢，螻蟻集羶，鵓鴿子旺邊飛。」七郎在京都，一向撒漫有名，一旦得了刺史之職，就有許多人來投靠他做使令※41的。少不得官不威，牙爪威。做都管，做大叔，走頭站，打驛吏，欺估客，詐鄉民，總是這一干人了。郭七郎身子如在雲霧裡一般，急思衣錦榮歸，擇日起身，張多保又設酒餞行。起初這些往來的閒漢、姊妹，多來送行。七郎此時眼孔已大，各各齎發些賞

註

※38走跳：使用不正當的手段，施行賄賂。

※39銓曹：古代官名。主管官員選拔的部門，即吏部。

※40撮空：此指吹噓捧場。

※41使令：供人差遣的僕人。

眉批

◎7：若家中如故，此舉亦不為差。（即空觀主人）

賜，氣色驕傲，旁若無人。那些人讓他是個見任刺史，脅肩諂笑，隨他怠慢。只消略略眼梢帶去，口角惹著，就算是十分殷勤好意了。如此攛哄了幾日，行裝打迭※42已備，齊齊整整起行，好不風騷！一路上想道：「我家裡資產既饒，又在大郡做了刺史，這個富貴不知到那裡纔住？」心下喜歡，不覺日逐賣弄出來。那些原跟去京都家人，又在新投的家人面前，誇說著家裡許多富厚之處。那新投的一發喜歡，道是投得著好主了，前路去耀武揚威，自不必說。

無船上馬，有路登舟，看看到得江陵境上來。七郎看時吃了一驚。但見：

人煙稀少，閭井荒涼。滿前敗宇頹垣，一望斷橋枯樹。烏焦木柱，無非放火燒殘；赭白粉牆，盡是殺人染就。屍骸沒主，烏鴉與螻蟻相爭；雞犬無依，鷹隼與豺狼共飽。任是石人須下淚，總教鐵漢也傷心。

元來江陵渚宮※43一帶地方，多被王仙芝作寇殘滅，里閭人物，百無一存。若不是水道明白，險些認不出路徑來。七郎看見了這個光景，心頭已自劈劈地跳個不

唐代陵墓中的壁畫，描繪宴會上吹奏音樂的女子。

住。到了自家岸邊，抬頭一看，只叫得苦。原來都弄做了瓦礫之場，偌大的房屋，一間也不見了。母親、弟妹、家人等，俱不知一個去向。慌慌張張，走頭無路，著人四處找尋。找尋了三四日，撞著舊時鄰人，問了詳細，方知地方被盜兵抄亂，弟被盜殺，妹被搶去，不知存亡。止剩得老母與一兩個丫頭，寄居在古廟旁邊兩間茅屋之內，家人俱各逃竄，囊橐※44盡已蕩空。老母無以為生，與兩個丫頭替人縫針補線，得錢度日。七郎聞言，不勝痛傷，急急領了從人，奔至老母處來。母子一見，抱頭大哭。老母道：「豈知你去後，家裡遭此大難！弟妹俱亡，生計都無了！」七郎哭罷，拭淚道：「而今事已到此，痛傷無益。虧得兒子已得了官，還有富貴榮華日子在後面，母親且請寬心。」母親道：「兒得了何官？」七郎道：「官也不小，是橫州刺史。」母親道：「如何能勾得此顯爵？」七郎道：「當今內相當權，廣有私路，可以得官。兒子向張客取債，他本利俱還，錢財盡多在身邊，所以將錢數百萬，勾幹得此官。而今衣錦榮歸，省看家裡，隨即星夜到任去。」七郎叫眾人取冠帶過來穿著了，請母親坐好，拜了四拜。又叫身邊隨從舊人，及京中新投

註

※42 打迭：收拾整理。

※43 渚宮：春秋時代楚國的行宮，舊址位於今湖北省江陵縣境內。

※44 囊橐：借指積蓄、存款。

的人，俱各磕頭，稱「太夫人」。母親見此光景，雖然有些喜歡，卻嘆口氣道：「你在外邊榮華，怎知家丁盡散，分文也無了？若不營勾這官，多帶些錢歸來用度也好。」◎8七郎道：「母親誠然女人家識見，做了官，怕少錢財？而今那個做官的家裡，不是千萬百萬，連地皮多捲了歸家的？今家業既無，只索撇下此間，前往赴任。做得一年兩年，重撐門戶，改換規模，有何難處？兒子行囊中還剩有二三千緡，盡勾使用，母親不必憂慮。」母親方纔轉憂為喜，笑還顏開，道：「虧得兒子崢嶸有日，奮發有時，真是謝天謝地！若不是你歸來，我性命只在目下了。而今何時可以動身？」七郎道：「兒子原想此一歸來，娶個好媳婦，同享榮華。而今看這個光景，等不得做這個事了。且待上了任，再做商量。今日先請母親上船安息。此處既無根絆，明日換個大船，就做好日開了罷。早到得任一日，也是好的。」當夜，請母親先搬在來船中了。茅舍中破鍋、破竈、破碗、破罐，盡多撇下。又分付當值的，僱了一隻往西粵長行的官船。次日搬過了行李，下了艙口停當，燒了利市神福，吹打開船。此時老母與七郎俱各精神榮暢，志氣軒昂。七郎不曾受苦，是一路興頭過來的，雖是對著母親，覺得滿盈得意，還不十分怪異。那老母是歷過苦難的，真是地下超升在天上，不知身子幾多大了。

一路行去，過了長沙，入湘江，次永州。州北江漂，有個佛寺，名喚兜率禪院。舟人打點泊船在此過夜。看見岸邊有大𣗳樹一株，圍合數抱，遂將船纜結在樹上，結得牢牢的，又釘好了樁橛※45。七郎同老母進寺隨喜，從人撐起傘蓋跟後。寺僧見是官員，出來迎接送茶，私問來歷。從人答道：「是現任西粵橫州刺史。」寺僧見說是見任官，愈加恭敬，陪侍指引，各處遊玩。那老母但看見佛菩薩像，只是磕頭禮拜，謝他覆庇。天色晚了，俱各回船安息。黃昏左側，只聽得樹梢呼呼的風響。須臾之間，天昏地黑，風雨大作。但見：

封姨逞勢，巽二※46施威。空中如萬馬奔騰，樹杪似千軍擁沓。浪濤澎湃，分明戰鼓齊鳴；圩岸傾顛，恍惚轟雷驟震。山中虓虎※47嘯，水底老龍驚。盡知巨樹可維舟，誰道大風能拔木！

眾人聽見風勢甚大，心下驚惶。那艄公心裡道是江風雖猛，虧得船繫在極大的樹上，生根得牢，萬無一失。睡夢之中，忽聽得天崩地裂價一聲響亮。元來那株槦樹年深日久，根行之處，把這些幫岸都拱得鬆了。又且長江巨浪，日夜淘洗，岸如

註

※45 樁橛：木釘。
※46 封姨、巽二：皆指風神。
※47 虓虎：猛虎。虓，讀作「蕭」。

眉批

◎8：其母不脫窮相，所以無福。（即空觀主人）

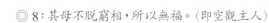

何得牢？那樹又大了，本等招風，怎當這一隻狼犺的船，盡做力生根在這樹上？風打得船猛，船牽得樹重，樹趁著風威，底下根在浮石中絆不住了，「豁剌」一聲，竟倒在船上來，把隻船打得粉碎。船輕樹重，怎載得起？只見水亂滾進來，船已沉了。船中碎板，片片而浮，睡的婢僕，盡沒於水。說時遲，那時快，艄公慌了手腳，喊將起來。郭七郎夢中驚醒。他從小原曉得些船上的事，◎9與同艄公竭力死拖住船纜，纔把個船頭湊在岸上，擱得住。急在艙中水裡，扶得個母親，攙到得岸上來，逃了性命。其後艄人等，艙中什物行李，被幾個大浪潑來，船底俱散，盡漂沒了。其時，深夜昏黑，山門緊閉，沒處叫喚，只得披著濕衣，三人捶胸跌腳價叫苦。守到天明，山門開了。急急走進寺中，問著昨日的主僧。主僧出來，看見他慌張之勢，問道：「莫非遇了盜麼？」七郎把樹倒舟沉之話，說了一遍。寺僧忙走出看，只見岸邊一隻破船沉在水裡，岸上大樠樹倒來壓在其上，吃了一驚。急叫寺中火工道者人等，一同艄公到破板艙中，遍尋東西。俱被大浪打去，沒討一些處。連那張刺史的告身，都沒有了。寺僧權請進一間靜室，安住老母，商量到零陵州州牧處陳告情由，等所在官司替他動了江中遭風失水的文書，還可赴任。計議已定，有煩寺僧一往。寺僧與州裡人情廝熟，果然叫人去報了。誰知：

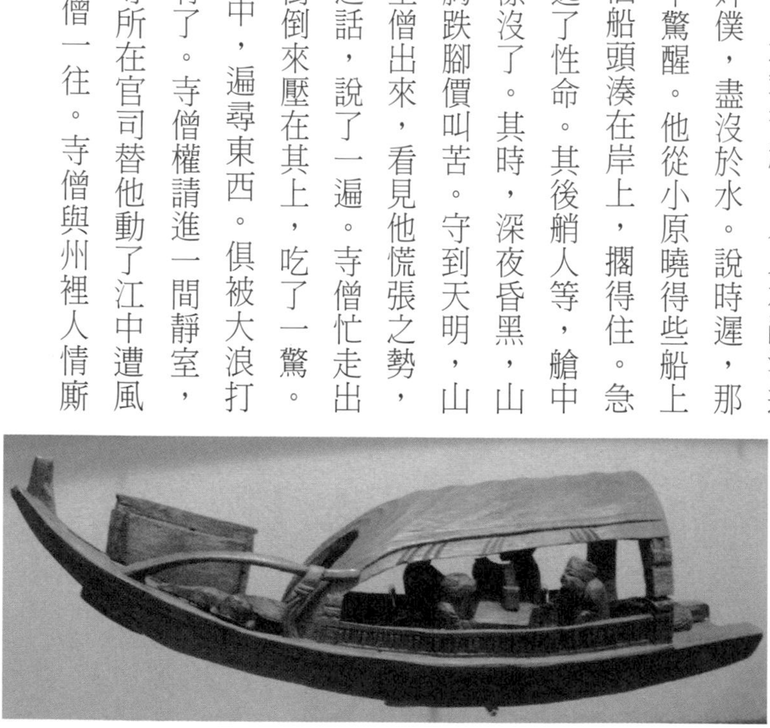

中國清代的舟船模型。

濃霜偏打無根草，禍來只奔福輕人。

那老母原是兵戈擾攘中，看見殺兒掠女，驚壞了再甦的，怎當夜來這一驚，可又不小。亦且婢僕俱亡，生資都盡，心中轉轉苦楚。面如蠟查，飲食不進，只是哀啼哭，臥倒在床，起身不得了。七郎愈加慌張，只得勸母親道：「留得青山在，不怕沒柴燒。雖是遭此大禍，兒子官職還在，只要到得任所便好了。」老母帶著哭道：「兒，你娘心膽俱碎，眼見得無那活的人了，還說這太平的話則甚？就是你做得官，娘看不著了。」七郎一點痴心，還指望等娘好起來，就地方起個文書，前往橫州到任，有個好日子在後頭。誰想老母受驚太深，一病不起。過不多兩日，嗚呼哀哉，伏維尚饗！

七郎痛哭一場，無計可施。又與僧家商量，只得自往零陵州哀告州牧。州牧幾日前曾見這張失事的報單過，曉得是真情。◎10畢竟官官相護，道他是隔省上司，不好推得乾淨身子。一面差人替他殯葬了母親，又重重賫助他盤纏，以禮送了他出門。七郎虧得州牧周全，幸喜葬事已畢，卻是丁了母憂[※48]，去到任不得了。寺僧看

註

※48丁憂：遭遇父母的喪事，替父母守喪，在家不出仕做官。

眉批

◎9：可見浮財不如實本事。（即空觀主人）
◎10：州牧亦是厚道人。（即空觀主人）

見他無了根蒂，漸漸怠慢，不肯相留。要回故鄉，已此無家可歸。沒奈何，就寄住在永州一個船埠經紀人的家裡，原是他父親在時走客認得的。卻是囊橐中俱無，只有州牧所助的盤纏，日吃日減。用不得幾時，看看沒有了。

那些做經紀的人有甚情誼？日逐有些怨咨起來，未免茶遲飯晏，箸長碗短。七郎覺得了，發話道：「我也是一郡之主，當是一路諸侯。今雖丁憂，後來還有日子，如何恁般輕薄？」店主人道：「說不得一郡兩郡，皇帝失了勢，也要忍些飢餓、吃些粗糲，何況於你是未任的官？就是官了，我每又不是什麼橫州百姓，怎麼該供養你？我們的人家，不做不活，須是吃自在食不起的。」七郎被他說了幾句，無言可答，眼淚汪汪，只得含著羞耐了。

再過兩日，店主人尋事吵鬧，一發看不得了。七郎道：「主人家，我這裡須是異鄉，並無一人親識可歸。一向叨擾府上，情知不當，卻也是沒奈何了。你有甚麼覓衣食的道路，指引我一個兒。」店主人道：「你這樣人，種火又長，拄門又短※49，郎不郎、秀不秀的，若要覓衣食，須把個官字兒擱起，照著常人傭工做活，方可度日。你卻如何去得？」七郎見說到傭工做活，氣忿忿地道：「我也是方面官員，怎便到此地位？」思想零陵州州牧前日相待甚厚，不免再將此苦情告訴他一番，定然有個處法，難道白白餓死一個刺史在他地方了不成？寫了個帖，又無一個人跟隨，自家袖了，葳葳蕤蕤※50，走到州裡衙門上來遞。

那衙門中人見他如此行徑，必然是打抽豐[※51]沒廉恥的，連帖也不肯收他的。直到再三央及，把上項事一一分訴，又說到替他殯葬、厚禮贐行[※52]之事，這卻衙門中都有曉得的，方纔肯接了進去，呈與州牧。州牧看了，便有好些不快活起來，道：「這人這樣不達時務的！前日吾見他在本州失事，又看上司體面，極意周全他去了。他如何又在此纏擾？或者連前日之事，未必是真，多是神棍假裝出來騙錢的，未可知。縱使是真，必是個無恥的人，還有許多無厭足處。吾本等好意，卻叫得引鬼上門。我而今不便追究，只不理他罷了。」分付門上不受他帖，只說概不見客，把原帖還了。

七郎受了這一場冷淡，卻又想回下處不得。住在衙門上，守他出來時當街叫喊。州牧坐在轎上，問道：「是何人叫喊？」七郎口裡高聲答道：「是橫州刺史郭翰！」州牧道：「有何憑據？」七郎道：「原有告身，被大風飄舟，失在江裡了。」州牧道：「既無憑據，知你是真是假？就是真的，竇發已過，如何只管在此

註

※49種火又長，拄門又短：諺語。棍棒用來撥弄火種嫌長，用來做門的支撐嫌短。比喻沒有特殊專長，一無是處。

※50葳葳蕤蕤：形容懶惰散漫、精神委靡不濟。蕤，讀作「ㄖㄨㄟˊ」。

※51打抽豐：即「打秋風」，向有錢的人索取利潤，或藉故向人索要財物。

※52贐行：贈送禮品或錢財與人餞別。

纏擾？必是光棍，姑饒打，快走！」左右虞候看見本官發怒，亂棒打來。只得閃了身子開來，一句話也不說得，有氣無力的，仍舊走回下處悶坐。

店主人早已打聽他在州裡的光景，故意問道：「適纔見州裡相公相待如何？」七郎羞慚滿面，只嘆口氣，不敢則聲。店主人道：「我教你把官字兒擱起，你卻不聽我，直要受人怠慢。而今時勢，就是個空名宰相，也當不出錢來了。除是靠著自家氣力，方掙得飯吃。你不要痴了！」七郎道：「你叫我做甚勾當好？」店主人道：「你自想身上有甚本事？」七郎道：「我別無本事，只是少小隨著父親，涉歷江湖，那些船上風水、當艄拿舵之事，盡曉得些。」店主人喜道：「這個卻好了！我這裡埠頭上來往船隻多，儘有缺少執艄的。我薦你去幾時，好歹覓幾貫錢來，餓你不死了。」七郎沒奈何，只得依從。從此，只在往來船隻上替他執艄度日。去了幾時，也就覓了幾貫工錢，回到店家來。永州市上人認得了他，曉得他前項事的，就傳他一個名，叫他做「當艄郭使君」。但是要尋他當艄的船，便指名來問郭使君。永州市上編成他一支歌兒道：

七郎沒奈何，只得依從。從此，只在往來船隻上替他執艄度日。（古版畫，選自《今古奇觀》明末吳郡寶翰樓刊本）

問使君，你緣何不到橫州郡？原來是天作對，不作你假斯文，把家緣※53結果在風一陣。舵牙當執板，繩纜是拖紳。這是榮耀的下梢頭也！還是把著舵兒穩。

——詞名〈掛枝兒〉

在船上混了兩年，雖然挨得服滿，身邊無了告身，去補不得官。若要京裡再打關節時，還須照前得這幾千緡使用，卻從何處討？眼見得這話休題了。只得安心塌地，靠著船上營生。又道是「居移氣，養移體」，當初做刺史，便像個官員；而今在船上多年，狀貌氣質也就是些篙工、水手之類，一般無二。可笑個一郡刺史，如此收場。可見人生榮華富貴，眼前算不得帳的。上覆世間人，不要十分勢利，聽我四句口號：

富不必驕，貧不必怨。
要看到頭，眼前不算。

註

※53家緣：家業、財產。

參考書目

1. 李平校注，抱甕老人原著，《今古奇觀》（台北：三民書局出版，二〇一六年六月。）
2. 吳書蔭校注，馮夢龍原著，無礙居士點評，《三言：警世通言》（北京：中華書局出版，二〇一五年六月。）
3. 吳書蔭校注，凌濛初原著，即空觀主人點評，《二拍：二刻拍案驚奇》（北京：中華書局出版，二〇一五年六月。）
4. 張明高校注，馮夢龍原著，可一居士點評，《三言：醒世恆言》（北京：中華書局出版，二〇一五年六月。）
5. 邱燮友、周何、田博元等編著，《國學導讀一—五冊》（台北：三民書局出版，二〇〇〇年十月。）
6. 馬積高、黃鈞主編，《中國古代文學史一—四冊》（台北：萬卷樓圖書股份有限公司，二〇〇三年）
6. 張明高校注，凌濛初原著，即空觀主人點評，《二拍：初刻拍案驚奇》（北京：中華書局出版，二〇一五年六月。）
7. 陳熙中校注，馮夢龍原著，綠天館主人點評，《三言：喻世明言》（北京：中華書局出版，二〇一五年六月。）

電子工具書：

1.《警世通言四十卷》明王氏三桂堂刊本，收錄於東京大學東洋文化研究所所藏《雙紅堂文庫全文影像資料庫》
http：//hong.ioc.u-tokyo.ac.jp/main_p.php

2.《醒世恆言四十卷》清衍慶堂刊本，收錄於東京大學東洋文化研究所所藏《雙紅堂文庫全文影像資料庫》
http：//hong.ioc.u-tokyo.ac.jp/main_p.php

3.《拍案驚奇三十六卷》消閒居刊本，收錄於東京大學東洋文化研究所所藏《雙紅堂文庫全文影像資料庫》
http：//hong.ioc.u-tokyo.ac.jp/main_p.php

4. 教育部重編國語辭典修訂本 http：//dict.revised.moe.edu.tw/cbdic/

5. 教育部異體字字典 http：//dict.variants.moe.edu.tw/

6. 佛光大辭典 https：//www.fgs.org.tw/fgs_book/fgs_drser.aspx

7. 百度百科 http：//baike.baidu.com/

8. 維基百科 https：//zh.wikipedia.org/zh-tw/

9. 中央研究院漢籍電子文獻 https：//www.google.com.tw/#q=%E7%80%9A%E5%85%B8

10. 漢語大辭典 http：//www.guoxuedashi.com/

國家圖書館出版品預行編目資料

今古奇觀. 五. 移花接木/ 抱甕老人原著；曾珮琦編註. --
初版. -- 臺中市 ：好讀, 2020.02

面； 公分. --（圖說經典；39）

ISBN 978-986-178-512-7（平裝）

857.41 109000442

好讀出版

圖說經典 39

今古奇觀（五）

【移花接木】

原　著／（明）抱甕老人
編　註／曾珮琦
總 編 輯／鄧茵茵
文字編輯／莊銘桓
行銷企劃／劉恩綺
封面設計／鄭年亨
發 行 所／好讀出版有限公司
台中市407西屯區工業30路1號
台中市407西屯區大有街13號（編輯部）
TEL：04-23157795 FAX：04-23144188 http：//howdo.morningstar.com.tw
（如對本書編輯或內容有意見，請來電或上網告訴我們）
法律顧問 陳思成律師

總經銷／知己圖書股份有限公司
106台北市大安區辛亥路一段30號9樓
TEL：02-23672044 23672047 FAX：02-23635741
407台中市西屯區工業30路1號1樓
TEL：04-23595819 FAX：04-23595493
E-mail：service@morningstar.com.tw
網路書店 http：//www.morningstar.com.tw
讀者專線：04-23595819 # 230
郵政劃撥 ：15060393（知己圖書股份有限公司）
印刷／上好印刷股份有限公司

線上讀者回函：
請掃描QRCODE

初版／西元2020年02月15日
定價：299元
如有破損或裝訂錯誤，請寄回知己圖書更換

Published by How-Do Publishing Co., Ltd.
2020 Printed in Taiwan

ISBN 978-986-178-512-7